Stefanie Weber-Litschko ✧ Ausgebrannt

Stefanie Weber-Litschko

AUSGEBRANNT

Lebenserinnerungen

**Bibliografische Information
der Deutschen Bibliothek**

Die Deutsche Bibliothek verzeichnet diese Publikation in der
Deutschen Nationalbibliografie;
detaillierte bibliografische Daten sind im Internet über
http://dnb.ddb.de abrufbar.

© Copyright 2008
Alle Rechte bei der Autorin Stefanie Weber-Litschko
Buchgestaltung: Nüsse Design, Hamburg
Herstellung und Verlag: Books on Demand GmbH, Norderstedt
ISBN.978-3-8370-4769-1

Ich danke meinem lieben Mann Josef, mit dem ich viele Jahre erleben durfte, meiner Tochter Elvira, sowie meinen Geschwistern mit Familien.

Einen ganz besonderen Dank an Frau Rita Reutter, die an mich geglaubt und mich mit Rat und Tat unterstützt hat.

An alle Leserinnen und Leser, die sich für meine Lebenserinnerungen „AUSGEBRANNT" interessieren. Gebt niemals auf, kämpft für Eure Rechte.

Euer Newcomer Stefanie Weber-Litschko

INHALT

NEUER START

Nachdem die schweren Zeiten im Jahre 1980 in weite Ferne gerückt waren, sind viele Monate vergangen. Das Alleinsein war nicht immer leicht für mich.

In einer Wochenzeitschrift, Rubrik Partnersuche, sah ich im September 1985 eine schlichte Zeile:

„Suche Frau fürs Leben"

Da wurde ich neugierig, wollte sehen, was hinter dieser Anzeige steckt. Welcher Mann so etwas schreibt? Ich war mächtig aufgeregt und schrieb auf rosafarbenes Papier:

„Ich bin auch so einsam, wie Sie".

Mehr nicht. Ich dachte, ich will einmal sehen, ob ich eine Antwort bekomme, oder ob mein Brief im Papierkorb landet.

Nach einigen Tagen bekam ich tatsächlich einen Brief. Ich war überrascht, dass man mit wenigen Worten etwas erreichen konnte. Eine Telefonnummer war angegeben. Immer wieder schaute ich auf den Brief. Nach ausgiebiger Überlegungszeit fasste ich mir ein Herz und rief den Unbekannten an. Was ich hörte, war eine Überraschung für mich. Die angenehme Stimme des Mannes beeindruckte mich positiv. Ich war neugierig geworden. Diesen Mann musste ich unbedingt kennen lernen. Kurz entschlossen verabredete ich mich mit ihm in einem Café.

Zur verabredeten Stunde wartete ich vor dem Café, wie ein Teenager beim ersten Rendezvous. Meinen Herzschlag spürte ich bis zum Halse. Ich hielt Ausschau nach einem dunkelgrünen Audi. Endlich sah ich den Wagen. Ein Mann stieg aus, kam direkt auf mich zu, stellte sich vor und ich war angenehm überrascht.

Wir betraten das Café, gaben unsere Bestellung auf und kamen ins Gespräch. Bald bemerkte ich, dass ich mich nicht verstellen musste und so reden konnte, wie mir „der Schnabel gewachsen war." Wir unterhielten uns angeregt, fast vier Stunden, bevor wir aufbrachen.

Für den nächsten Tag verabredeten wir uns, wollten einen Film im Autokino anschauen. Vom Gefühl her wollte ich es noch einmal wissen und dachte, es wird alles gut.

Wir verstanden uns ohne Worte. Ich war sehr glücklich und verliebt.

Vom Inhalt des Filmes sahen wir nicht viel. So viel Aufmerksamkeit hatte ich schon lange nicht mehr bekommen. Es war ein wirklich gutes Gefühl, dass wir uns gesucht und gefunden hatten.

Der „Topf fand sein Deckelchen."

*

Im Jahre 1986, zwölf Monate waren inzwischen vergangen, zogen Josef und ich in eine Wohnung. Er sagte zu mir:

„Lass uns heiraten."

Zuerst wollte ich noch nicht, obwohl die Chemie zwischen uns stimmte.

Am 25. März 1988 heirateten wir, ganz bescheiden, ohne großen Prunk. Ich hatte ein gutes Gefühl, musste nicht lange überlegen, was noch kommt. Mein Mann und ich besaßen die gleiche Wellenlänge. Aber natürlich hatte jeder von uns auch seine Macken.

Josef hatte zuletzt jahrelang bei seiner Mutter gewohnt. Er wollte ausziehen, denn diese Frau war nicht pflegeleicht. Sie hatte alles im Griff und ihre eigene Meinung. Es war schwer mit ihr friedlich auszukommen. Bei ihr machte sich ihre Vergangenheit bemerkbar, die Kriegsjahre und die schweren Zeiten danach als alleinerziehende Mutter. Der tägliche Kampf ums Überleben, das prägte die Schwiegermutter und machte sie hart.

Oft hatte Josefs Mutter die Realität mit der Vergangenheit verwechselt, indem sie Dinge nicht wahrgenommen hat. Sie lebte in ihrer eigenen Welt, pflegte keine Freundschaften. Es war ihr lästig und sie war sehr misstrauisch fremden Leuten gegenüber. Sie könnten ihr Böses wollen und ihr alles wegnehmen. Sie hatte ihre Reichtümer so gut versteckt, dass sie einmal stundenlang danach suchen musste, um sie wiederzufinden.

Zum Schluss hatte sie fast zwei Jahre im Pflegeheim gelebt, weil sie gesundheitlich nicht mehr allein bleiben konnte mit der Körperpflege und sonst auch. Es war gefährlich, meine Schwiegermutter allein in ihrer Wohnung zu lassen, da sie die Treppen hinuntergefallen war. Sie hatte großes Glück bei dem Sturz, denn außer blauen Flecken hatte sie keine Verletzungen davon getragen.

Der Alltag war für Josef nicht einfach. Da er vom Schwäbischen Ländle ins Badische gezogen war, musste er erst einmal eine Arbeit finden.

Er hatte Glück, er kam zur Firma Simon als Werkzeugmacher und konnte dort in seinem Beruf arbeiten. Ich selbst habe nebenan bei Mecano Bundy und nur im Akkord gearbeitet. Wir schafften beide in zwei Schichten und hatten unser sauer verdientes Geld in einen Topf geworfen.
In den ersten Jahren musste Josef von unserem Gehalt für seine zwei Kinder aus erster Ehe den Unterhalt bezahlen. Bezahlen durfte er, aber weit und breit hatte sich kein Familienmitglied sehen lassen. Ich bemühte mich um eine Zusammenkunft, leider vergebens. Mein Mann hatte zu dieser Angelegenheit keine Meinung, doch er war sehr verbittert. Wenn ich nach seiner ehemaligen Familie fragte, wurde er wütend und sagte:

„Ich will niemanden mehr sehen."

Warum auch immer, ich weiß es nicht!

Wir konzentrierten uns auf unseren Alltag und auf unser Leben. Es war nicht immer einfach, weil wir am jeweiligen Arbeitsplatz sehr gefordert wurden und die Arbeit im Akkord erledigt werden musste. Die Firma Mecano Bundy war ein Kfz-Zulieferant. Sehr oft schmerzten meine Oberarme, was von der Handbiegerei kam, denn die Brems- und Benzinzuleitungen waren aus Kupfer und Messing. Der Kraftaufwand war enorm.

Trotz allem ging das Leben weiter.

Ich selbst hatte noch meinen Haushalt zu versorgen. Das war aber noch nicht alles, denn meine Mutter besuchte ich fast täglich. Sie hatte gesundheitliche Probleme und benötigte meine Hilfe. Ich hatte das Geschehen nicht mehr wahrgenommen, denn mein Kopf und mein Körper hatten wie ein Roboter zu funktionieren. Meine Tage waren mit fünfzehn Stunden Arbeit ausgefüllt.

Nur am Wochenende war etwas Zeit übrig. Oft war ich zu müde, dass ich nichts mehr wissen wollte. Ich sehnte mich nach Ruhe.

An manchen Tagen kam ich kaum aus dem Bett, weil ich das Gefühl hatte, ich würde im Steinbruch arbeiten.

Mein Mann Josef hatte es besser. Er ist zum Angeln gegangen, denn dort traf er seine Anglerfreunde. Er konnte seine Hobbys pflegen und ausleben, was ich ihm auch gönnte, denn er hatte inzwischen mit den Schwierigkeiten aus seiner Vergangenheit abgeschlossen.

Ich munterte ihn auf und sagte zu ihm:

„Du musst nach vorne schauen."

Mittlerweile hatte sich herausgestellt, dass Josef krank war. Oft war er sehr erschöpft, wenn er von der Arbeit nach Hause kam. Ich sagte zu ihm:

„Gehe zum Arzt", aber er meinte nur:

„Es geht schon wieder." Er wollte es nicht glauben, dass er gesundheitliche Probleme hatte.

Die Jahre vergingen.

1992 hatte mein Mann seinen ersten Herzinfarkt.

Von dieser Zeit an hatte sich in unserem Leben vieles verändert. Josef war nicht mehr voll arbeitsfähig. Er konnte nur noch vier Stunden am Tag zur Arbeit gehen, er bekam eine BU-Rente. Täglich musste er zwölf Tabletten einnehmen; es war, als hätten wir eine Apotheke zu Hause. Ob dies so in Ordnung war? Mir kamen oft Zweifel.

Bei meinem Mann stellte ich zudem Wesensveränderungen fest. Oft zog er sich krankheitsbedingt in sein Schneckenhaus zurück, weil er so schnell müde wurde. Immer wieder sagte ich:

„Da stimmt etwas nicht."

Aber Josef wollte mir nicht glauben und antwortete:

„Du siehst Gespenster."

„Nein", sagte ich, „deine Müdigkeit ist nicht normal, gehe bitte zum Arzt."

Eines Tages kam es meinem Mann komisch vor und er ging zur Untersuchung.

Josef kam mit dem Ergebnis nach Hause:

„Ich bin Diabetiker."

Nun hatte ich doch Recht behalten mit meiner Vermutung, und wieder musste mein Mann ein paar Tabletten mehr schlucken.

Ich durfte mich nicht beklagen, dass mein Leben arbeitsreich war, da ich noch so viel leisten musste. Wenn ich einmal wieder an meine Grenzen stieß, der Akku leer war, sagte Josef auf seine Art:

„Die Arbeit erledigst du doch mit links, oder?"

„Na klar, es geht immer etwas."

In Wirklichkeit war ich ziemlich ausgepumpt, ja regelrecht ausgebrannt!

Aber das Leben musste ja weitergehen.

Bis zu jenem Tag, an dem ich mit meinen Geschwistern telefonierte und ihnen die Situation schilderte, wie es tatsächlich mit unserer Mutter aussah und dass sie dringend Hilfe benötigte. Alleine konnte ich die schwere Arbeit nicht mehr bewältigen, denn ich musste täglich mehr Zeit für die Pflege unserer Mutter aufwenden.

Meine Geschwister wohnten alle in verschiedenen Himmelsrichtungen von A nach B, deshalb habe ich zuerst einmal die Sozial-Station einbestellt und eine Haushälterin gesucht. Diese ist dann gleich gekommen. Damit waren wenigstens die Körperpflege, die Wäsche und das Essen auf Rädern gesichert.

Somit war ein gewisser Tagesablauf vorhanden und Mutter fühlte sich umsorgt, sie konnte keine Unordnung mehr machen. Aber da hatte ich mich zu früh gefreut, denn sie hatte die gebügelte Wäsche durcheinander gebracht. Ich fragte sie höflich:

„Was soll das?"

Sie antwortete:

„Ich suche im Schrank etwas zum essen."

Früher hatte sie viele Speisen in großen Töpfen für uns gekocht. Mutter meinte, es ist Vorrat für ein paar Tage.

Vieles hat Mutter in Schränken gehortet und dann vergessen zu verwenden.

An einem Wochenende hatte ich wieder einmal eine Grundreinigung in den Zimmern vorgenommen. Da fand ich eine Tüte mit belegten Broten, die schon „Asbach uralt" waren. Ja, ich durfte den Überblick nicht verlieren. Zum Schluss konnte ich unsere Mutter kaum noch alleine in ihrer Wohnung lassen. Es war zu gefährlich für sie, da sie auch schon aus dem Bett gefallen war.

Endlich bekam sie ein sicheres Krankenbett, ein Wanneneinstieg wurde montiert, ebenso erhielt sie einen Kaffeeautomaten, der sich von selbst ausschaltete.

Mutter konnte auch nicht mehr alleine weggehen, wegen der Sturzgefahr, viel zu oft waren ihre Kniegelenke blau gefärbt.

Die letzten vier Monate ihres Lebens musste unsere Mutter dann leider ins Pflegeheim. Es hat mir fast das Herz gebrochen, aber es ging nicht anders. Wir mussten alle arbeiten und es war zu gefährlich, sie alleine zu lassen. Aus gesundheitlichen Gründen benötigte sie rund um die Uhr eine Betreuung.

Wir hatten alles soweit organisiert. Meine Geschwister und ich waren uns einig, denn ich war mit meinen Kräften am Ende. Meine Ärztin schickte mich zur Kur wegen körperlicher Erschöpfung.

In Lahnstein., wo ich zur Kur war, hat es mir sehr gut gefallen. Innerlich aber war ich zerrissen, da ich immer an meine Mutter denken musste, denn sie hatte aus ihrer Wohnung nicht ausziehen wollen. Das Pflegeheim war nicht in ihrem Sinne. Ich war gespannt, wie es ihr dort erging. Jeden Tag habe ich deshalb meinen Bruder angerufen. In Gedanken war ich immer bei Mutter und konnte deshalb die Kur in Lahnstein nicht richtig genießen, da ich mir große Sorgen um sie machte.

Für die Stabilisierung meiner Gesundheit bekam ich Rückentherapie, Entspannung, dazu diverse Vorträge. Viel zu schnell war eine Woche vergangen. Acht Tage waren vorüber, als mein Bruder anrief und sagte, dass unsere Mutter friedlich eingeschlafen sei.

Sofort brach ich meine Kur ab und fuhr mit dem Zug nach Hause. Mein Bruder hatte alles Nötige für die Beerdigung vorbereitet, so dass wir uns in aller Stille von unserer lieben Mutter verabschieden konnten.

In den nächsten Tagen und Wochen ging es mir gesundheitlich nicht gut. Ich hatte zu kämpfen, dass ich überhaupt noch meine Arbeit verrichten konnte. Aber aufgeben? Niemals!. Es galt, die innere Schwäche täglich zu überwinden. Dabei habe ich auch immer an meinen kranken Mann gedacht, für ihn musste ich stark sein.

Das Leben musste weiter gehen.

Trotz seiner Herzerkrankung jammerte mein Mann nie, im Gegenteil, ich musste eine hellseherische Begabung an den Tag legen, um sein Befinden einzuschätzen, denn ganz selten sagte er:

„Heute ist für mich ein schlechter Tag."

In diesem Zeitabschnitt habe ich viel gelernt, nämlich den Mut und die Stärke nicht preiszugeben, auch wenn es mir noch so schwer gefallen ist. Mir wuchs ein „Kämpferherz", meine Augen wurden zu Röntgenaugen. Damit war ich für die Zukunft gut ausgerüstet.

Mit den Ärzten hatte Josef deutlich über seine Krankheit gesprochen. Er trieb sein Verhalten immer auf die Spitze, bis nichts mehr ging. Erst dann akzeptierte er ärztliche Hilfe. Das war sicher nicht richtig, aber jeder Mensch muss selbst entscheiden, wie er behandelt werden will. Diese Entscheidung konnte ihm keiner abnehmen.

An einem Samstag frühmorgens ging es meinem Josef wieder sehr schlecht, so dass ich von seinem Handy aus den Notarzt anrief. Umgehend packte ich das Marschpaket für die Klinik mit den wichtigen Unterlagen, der Anamnese des Patienten. Langsam bekam ich Übung darin.

Der Arzt war bald zur Stelle und ab ging die Fahrt ins Krankenhaus. Nach ausgiebigen Untersuchungen lautete die Diagnose „Herzinfarkt."

Schon wieder hatte ich große Angst vor der Zukunft.

Wenn ich einmal dachte, ich hätte etwas Ruhe, kam eine neue Prüfung auf mich zu. Aber niemand hat sich seine Vorgeschichte selbst ausgesucht.

Von Josefs behandelndem Arzt wurde ich ausführlich befragt, dann musste ich das Krankenzimmer verlassen und draußen auf dem Flur warten. Nach einer Stunde Wartezeit wurde mir gesagt, dass ich nach Hause gehen könnte. Über die weiteren Befunde und Ergebnisse würde ich telefonisch unterrichtet werden.

Wieder musste ich abwarten!

Wie ein geprügelter Hund ging ich nach Hause. Daheim angekommen, brühte ich mir zuerst einen Tee auf um mich dann mit gespitzten Ohren auf dem Sofa auszuruhen. Irgendwie bin ich eingenickt und immer wieder wach geworden, bis endlich das Telefon läutete. Es war der Chefarzt der Herzchirurgie am anderen Ende der Leitung. Er sagte mir:

„Wir werden ihren Mann in den nächsten achtundvierzig Stunden operieren, das heißt, er braucht mindestens vier Bypässe."

Vor Schreck versagte mir die Stimme. Ich bekam keinen Ton mehr heraus. Ich war schockiert und tief traurig. Aber es ging kein Weg daran vorbei. Es war bereits fünf Minuten vor zwölf.

Aus Angst hatte sich Josef schon bei der letzten Untersuchung vor einer Operation gedrückt, was ich gut verstehen konnte, aber jetzt wurde es ernst.

Der Tag der Operation brach an. Ich war sehr nervös, die Nacht zuvor hatte ich kein Auge zugetan. "Die Operation wird gut gehen", dachte ich, "die Ärzte verstehen ihr Handwerk." Ich hatte ein gutes Gefühl.

In mir kamen die vielen Fragen hoch, die ich mir zurechtgelegt hatte, was ich sagen, oder vielmehr hinterfragen wollte. Die Hauptsache aber war, dass der Eingriff am Herzen ohne Komplikationen verlief, denn er dauerte bis zu vier Stunden. Das war eine lange Zeit! Vieles konnte in der Zwischenzeit schief gehen, aber daran wollte ich nicht denken.

Endlich kam der erlösende Anruf auf meinem Handy: „Die Operation ihres Mannes ist normal verlaufen, sie können sich jetzt ausruhen."

Mir fiel ein Stein vom Herzen. Ich atmete befreit auf. Jetzt hieß es: abwarten, was die nächsten Tage bringen würden.

Bereits nach fünf Tagen wurde mein geliebter Mann von der Intensivstation auf eine normale Station verlegt. Es ging wieder bergauf mit ihm, worüber ich sehr glücklich war.

Nach vier Wochen ging Josef zur Anschluss - REHA. Dort machte er gute Fortschritte, so dass er zum Leidwesen der Ärzte schon wieder rauchte. Ich konnte es nicht verstehen, dass ihn die Sucht wieder voll im Griff hatte. Ich war sehr wütend, als ich ihn rauchen sah, aber meine Worte stießen bei Josef auf taube Ohren. Dann fragte ich ihn:

„Was ist dir dein Leben wert?"

Er lächelte mich an und schwieg.

Josef hatte seinen Dickkopf und ich hatte es schon aufgegeben, ihn ständig mit der Raucherei zu konfrontieren. Jeder Mensch war letztendlich für sich selbst verantwortlich. Ich dachte, mal sehen, was die Zeit mit sich bringt. Vielleicht kommt er doch noch zur Vernunft.

In der REHA-Klinik passierte nichts Auffälliges. Josef nahm die Behandlungstermine wahr, die seiner Genesung dienten und schon bald wurde er wieder übermütig. Beim Mittagessenn aß er zu viele Schnitzel. Er sagte:

„Ich will das Rauchen reduzieren."

Doch daran konnte ich nicht wirklich glauben. Aber er rauchte immerhin weniger Zigaretten.

Mal sehen, wie lange Josef durchhält, dachte ich. Zwei Jahre hielt er sich an sein Versprechen. Eine Schachtel Zigaretten hielt zwei Tage. Ich fragte mich oft, ob er wirklich sein Wort gehalten hatte. Anfangs konnte ich es nicht glauben, denn ein starker Raucher, der täglich vierzig bis sechzig Zigaretten konsumiert hatte, konnte seine Gewohnheiten eigentlich nicht so schnell ändern.

Aber warten wir es mal ab!

*

Die Zeit in der REHA-Klinik war vorüber. Zu Hause erwartete meinen Mann der Alltag. Ich musste zur Arbeit gehen und konnte Josef nicht mehr beobachten. Sein Zigarettenkonsum nahm wieder zu. Wenn ich ihn darauf ansprach, bekam ich die Antwort:

„Du hast geträumt."

Wieder musste ich klein beigeben, da ich ansonsten meine Nerven unnötig strapaziert hätte. So sagte ich nichts mehr zu diesem Thema, da ich erkennen musste, dass die Ermahnungen zu nichts führten. Die Einsicht, dass er sich selbst schadet, war bei Josef nicht gegeben.

Tage und Monate gingen vorüber. Nach einigen Jahren hatten sich die alten Leiden bei meinem Mann wieder gemeldet. Ich sagte zu ihm:

„Bitte gehe zum Arzt."

Es war Montag, der 13. November 2006. Ich hätte nie gedacht, dass dieser Montag in meinem Leben ein ganz besonderer Tag sein würde. Aber wenn man morgens aufstand, wusste man ja nie, was die kommenden Stunden an Überraschungen für einen bereithielten.

Wir frühstückten an diesem Morgen gemeinsam. Seit einigen Tagen ging es Josef nicht mehr so gut. Ich sagte:

„Bitte gehe zum Arzt."

Josef entgegnete:

„Morgen."

Er hatte sich vor dem Arztbesuch gedrückt, so wie immer. Doch irgendwie war sein Gesundheitszustand anders.

So gegen 14.30 Uhr veränderte sich plötzlich alles.

Josef war kurz zuvor in das nächste Dorf gefahren und hatte in einem Laden Schrauben für ein Schloss gekauft, das er im Keller befestigen wollte. Als er zurückkam, wollte er seiner Arbeit nachgehen. Plötzlich sagte er zu meiner Tochter:

„Ich kann nicht mehr!"

Mit dem Handy hat sie sofort den Notarzt angerufen. Bis dieser bei uns eintraf, musste Josef reanimiert werden, so lange, bis er transportfähig war.

Ich fuhr mit in die Klinik, samt dem Ordner mit den wichtigen Krankenunterlagen, um eine erste Auskunft vom Klinikarzt zu erhalten. Mir war kalt und heiß zugleich. Es drehte sich alles in meinem Kopfe und ich hatte das Gefühl, als wäre ein Bienenschwarm um mich herum. Ich konnte keinen klaren Gedanken fassen.

Voller Angst um Josef saß ich im Warteraum. Es dauerte Stunden, bis endlich ein Arzt kam und mit mir sprach.

Im ersten Moment verstand ich seine Worte nicht, da ich unter Schock stand. Wie üblich hieß es abwarten! Nach drei Stunden Wartezeit fuhr ich nach Hause. Vorher hatte mir die Krankenschwester noch eine Plastiktüte mit Josefs Kleidern mitgegeben. Dabei schaute sie mich mitleidig an.

Als ich zu Hause war, habe ich zuerst einmal eine Flasche Wasser getrunken. Ich hatte großen Durst, ich war vom vielen Weinen ganz ausgetrocknet. Danach legte ich mich mit dem Handy ins Bett.

Die Ärzte hatten mir vorher gesagt, dass sie mich im Laufe der Nacht noch anrufen würden. Ich weiß nicht, wie lange ich geschlafen habe. Ein paar Stunden sind es sicher gewesen. Um vier Uhr morgens musste ich zur Toilette. Dadurch bin ich wach geworden.

Im Bad machte ich mich ausgehfertig. Dann bereitete ich mir mein Frühstück zu. Anschließend rief ich im Krankenhaus an und dort sagte man mir:

„Ihr Mann liegt auf der Intensiv-Station und wird beatmet. Alles andere wird man in den nächsten Tagen sehen. Sein Zustand hat sich kaum verändert."

Jeden Tag eilte ich in die Klinik und saß an Josefs Bett.

Dann kam ein Anruf vom behandelndem Arzt:

„Wir müssen ihren Mann in eine andere Klinik verlegen."

Ängstlich fragte ich:

„Warum?"

„Wegen Überbelegung der Betten für Notfälle, die ständig eingeliefert werden. Die Kranken, die transportfähig sind, werden in die umliegenden Krankenhäuser verlegt."

Am nächsten Tag ging der Kliniktransport von A nach B, circa zwei Kilometer entfernt. Nachmittags fuhr ich gleich ins neue Krankenhaus. Dort erhielt ich die nächste Horrormeldung von einer beginnende Lungenentzündung. Josef hatte danach vier Tage mit hohem Fieber zu kämpfen.

Bei jedem Besuch kümmerte ich mich um meinen geliebten Mann. Ich legte ihm nasse Handtücher auf Brust und Beine, um das Fieber zu senken. Ganz langsam ging es zurück. Ich konnte kurz aufatmen. Ich weiß nicht, woher ich die Kraft und den Glauben nahm. Aber eine Kämpfernatur gibt nicht so schnell auf!

In den nächsten Wochen kam ein Luftröhrenschnitt hinzu, um das mehrmalige tägliche Absaugen zu ermöglichen. Wegen des starken Rauchens waren Josefs Bronchien zu und seine Luftwege verschleimt. Zusätzlich wurde noch eine Magensonde gelegt.

Mein Mann wurde nicht verschont und er tat mir zutiefst leid. So viele Schmerzen und gesundheitliche Einbußen! Ich habe mich oft gefragt, warum das Schicksal Josef so hart getroffen hatte.

Allmählich musste ich mir Gedanken machen, wie es in Zukunft weitergehen sollte, denn ich hatte ja die Betreuung vom Vormundschaftsgericht und ich wollte für meinen Mann nur das Beste.

Für mich begann nun eine schwere Zeit. Von den Ärzten hatte jeder seine eigene Meinung zu Josefs Krankheit. Eine Ärztin meinte, Josef müsse ins Pflegeheim. Damit konnte ich zu diesem Zeitpunkt nichts anfangen. Ich musste erst sehen, welche Fähigkeiten mein Mann noch hatte.

So habe ich zusammen mit dem leitenden Arzt der Station des Krankenhauses eine anschließende REHA erwirkt. Ich war sehr erleichtert, als mir mitgeteilt wurde, dass dort ein Platz für Josef frei sei. Durch diese klinische Maßnahme erhoffte ich eine Besserung seines Zustandes. Gleichzeitig wurde mir aber auch gesagt:

„Ihr Mann bleibt ein Pflegefall."

Das war ein Schlag, mitten ins Gesicht. Ich konnte es nicht glauben, was meine Augen täglich sahen. Zutiefst traurig war ich.

„Ihr Mann befindet sich im Wachkoma", sagten die Ärzte zu mir. In all' den Wochen hatte mich mein Mann nur dreimal angesehen. Ich weiß nicht, ob es bewusst geschah oder Zufall war. Diese Frage blieb offen. Auf jeden Fall waren kaum Fortschritte in der REHA bei Josef zu beobachten.

Ich hatte mir mehr erhofft. Mein Mann hatte schließlich Wahrnehmungen. Jedes Mal, wenn ich ihn ansprach, machte er sich bemerkbar. Er hat sich geräuspert und mit den Augen geblinzelt.

Wenn ich nach dem Besuch in der REHA nach Hause fuhr, war ich am Boden zerstört. Dann machte ich mir Gedanken, wie das Leben weiter geht; wird Josef doch noch Fortschritte machen? Die Hoffnung war bei mir immer noch vorhanden.

In all den Wochen hatte ich mir meine Rechte auf eine ehrliche Antwort über den tatsächlichen gesundheitlichen Zustand meines Mannes erkämpfen müssen. Fast jeder Arzt hatte versucht, mich auf seine Art für „dumm zu verkaufen." Bei verschiedenen Neurologen hatte ich mir Auskunft eingeholt. So langsam musste ich der Realität ins Auge sehen.

Die Zeit in der REHA näherte sich dem Ende und die Ärzte legten mir nahe, einen geeigneten Pflegeplatz für Josef zu suchen. Es wären keine Fortschritte zu erkennen, sagten die Mediziner.

Im Altenheim besprach ich dieses Problem mit meiner Chefin, da bei uns noch Plätze frei waren. An meinem Arbeitsplatz konnte ich so Josef im Auge behalten und ich brauchte nach Feierabend nicht durch die Gegend zu fahren. Das war ein großer Vorteil für mich.

Meine Chefin hatte Josef angeschaut und spontan gesagt:

„Wir nehmen Ihren Mann bei uns auf."

Ich hatte ein gutes Gefühl, weil ich meinen Kollegen vertrauen konnte und wusste, dass jeder sein bestes bei der Pflege geben würde. Für mich war diese Entscheidung auf jeden Fall im Moment eine gute Lösung.

Nun kam der entscheidende Tag für Josef, denn er wurde ins Pflegeheim verlegt. Auf der einen Seite war ich froh, zumal ich immer noch die Hoffnung hatte, dass mein Mann vielleicht doch einmal wieder sprechen könnte. Ich wünschte mir, dass seine Kanüle entfernt und die Sprechkanüle in Funktion treten würde, damit er mich wieder wahrnimmt.

Meine Chefin war sehr zuversichtlich, dass eine Besserung des gesundheitlichen Zustandes meines Mannes eintreten könnte. Ich selbst aber war der Verzweiflung nahe, zumal ich den Verdacht hegte, dass die Verantwortlichen mich nur beruhigen wollten.

Nach ein paar Tagen hatte sich das Blatt wieder gewendet. Ich hatte Frühschicht und war an diesem morgen schon um 5.30 Uhr zur Arbeit ins Pflegeheim gefahren. Denn ich wollte vor der Übergabe der Krankenblätter in Josefs Zimmer nach ihm sehen, was ich jeden Tag tat. Als ich sein Zimmer betrat, war die Nachtwache bei ihm. Die Schwester sagte mir gleich:

„Dein Mann hat 38,4 Grad Fieber."

Oh Gott, dachte ich, nicht schon wieder! Er hatte kaum Ausscheidung im Urinbeutel und mir kam die Sache verdächtig vor. Ich sagte gleich, dass die Ärztin kommen müsse.

Automatisch verrichtete ich meine Arbeit, lief fast jede Stunde zu Josef ins Zimmer und sprach ihm Trost zu. Ich streichelte seine Hand und gab ihm ein Küsschen auf die Wange. Mehr konnte ich im Augenblick nicht für ihn tun. In meiner Hilflosigkeit dachte ich:

„Warum musste es uns so hart treffen?"

Nach Feierabend im Alten- und Pflegeheim bin ich nochmals in Josefs Zimmer gegangen und habe nach ihm gesehen, ich konnte jedoch keine Veränderung seines Zustandes feststellen. Meine Hände berührten zärtlich seine Wangen. Ich gab ihm ein Küsschen und sagte zu ihm:

„Später schaue ich noch einmal nach dir."

Zu Hause angekommen, habe ich mich zuerst einmal auf die Couch gesetzt und die müden Beine hochgelegt. Danach habe ich Wäsche gebügelt und die Zeit vergessen.

Als ich endlich bemerkte, wie spät es war, zog ich meine Jacke an, verschloss die Haustür und rannte los. Da hörte ich das Klingeln des Telefons.

Eiligst lief ich zurück, schloss die Tür auf und nahm den Telefonhörer ab. Meine Chefin war am Apparat und sie sagte zu mir:

„Vor fünf Minuten ist dein Mann eingeschlafen."

Ich schrie verzweifelt „nein", ich konnte es nicht fassen, was ich am anderen Ende der Leitung hörte.

Mit meiner Tochter Elvira fuhr ich sofort ins Alten- und Pflegeheim. Dort angekommen, liefen wir so schnell wir konnten in Josefs Zimmer.

Meine Chefin empfing uns und sagte: „Du kannst mit deinem Mann sprechen und dich in aller Ruhe von ihm verabschieden."

Josefs Gesichtszüge waren entspannt, er hatte wenigstens nicht leiden müssen. Doch seinen plötzlichen Tod konnte ich nicht verstehen. Warum gerade jetzt?

Der Tod eines geliebten Menschen ist für uns unbegreiflich.

Die Tage nach Josefs Heimgang waren furchtbar für mich. Ich konnte nichts arbeiten. Mir ging es gesundheitlich sehr schlecht. Jeder wollte etwas von mir wissen. Ich funktionierte nur noch wie ein Roboter und wurde von meinem Arzt prompt krankgeschrieben. Meine Nächte wurden zum Tage. Ich konnte kein Auge zumachen.

Für mich war eine Welt zusammengebrochen. Hatte ich doch so viel Hoffnung gehabt und mir jeden Tag gesagt, dass es schon einigermaßen gehen würde, auch wenn es Monate dauern sollte. Diese positiven Gedanken hielten meinen Glauben aufrecht.

Doch jetzt war in mir alles blockiert. Ich musste mich dazu zwingen, einen klaren Gedanken zu fassen, zumal ich ja Josefs Beerdigung organisieren musste.

Niemand konnte sich meinen Schmerz um Josef, meinen geliebten Mann, vorstellen. Drei Monate lang hatte ich um ihn gekämpft und auf Besserung gehofft, doch der Tod hatte uns überrascht. Warum? Ich konnte und wollte es nicht glauben, dass Josef nicht mehr da war.

Der Tag der Beerdigung brach an. Es war eine Urnenbeisetzung.

Meine Geschwister mit Familienangehörigen und wenige Freunde waren auf den Friedhof gekommen.

Der Pastor hatte gute Worte für den Verstorbenen und seine Familie gesprochen, auch die Gestaltung war sicher in Josefs Sinne, sehr schön und schlicht und doch tiefgründig.

Auch dieser für mich so schmerzliche Tag fand ein Ende.

Nun saß ich zu Hause mit all´ den Wünschen und guten Worten im Ohr. Es drehte sich alles um mich herum. Ich konnte immer noch nicht glauben, dass Josef mich für immer verlassen hatte.

In den nächsten Tagen ging es mir nicht gut. Die Formalitäten auf den Ämtern waren eine Qual für mich. Ich kam nicht zur Ruhe.

Mit meinem großen Schmerz war ich ganz allein. Es konnte mir niemand helfen.

Mit den Behörden war es ein Kampf; wehe du hast niemanden, der dich versteht, dann hast du schlechte Karten für die Zukunft.

Wenn man ins Krankenhaus gehen muss, dann ist es gut, einen vertrauten Menschen um sich zu haben. Als Patient ist man oft nur eine Nummer auf dem Krankenblatt. Kein Mensch hat ernsthaft Interesse an dem "Menschen". Es wird nur gelindert und vertröstet. Wehe, man fängt an zu hinterfragen! Entweder man schaffst die Anforderungen des Lebens, oder nicht.

Ich habe erlebt, dass auch gute Menschen viel Zeit benötigen, bevor sie auf spezielle Fragen antworten.

Oft heißt es: „Die Chefärzte haben erst in zwei Tagen Zeit, sich mit einer Diagnose zu beschäftigen."

Aber ich wollte immer genau und sofort wissen, was Sache ist.

Mit meiner Ärztin hatte ich offen gesprochen, so war ich einigermaßen beruhigt und gerüstet, mich durchzusetzen. Rasch haben die Menschen gemerkt, dass ich informiert war. Somit bekam ich dann richtige Antworten.

Ich kann nur immer wieder sagen, dass man sich seiner Haut wehren muss.

Niemals zuvor hatte ich so viel Elend und Leid gesehen, wie in dieser Zeit, da ich täglich zur Klinik fahren musste. Da sah und hörte ich Dinge, die mich sehr traurig machten.

Zum Beispiel: Ein Patient mit Diabetes, dem operativ ein Zeh entfernt worden war, bat seit zwei Tagen eine Krankenschwester, ihm den Verband zu wechseln, da der alte bereits blutdurchtränkt war. Dieser Mann hatte keine Möglichkeit, sich seiner Haut zu wehren.

Durch die Überbelastung des Klinikpersonals mussten viele Patienten leiden.

Bei einer geplanten Operation ist es wichtig, sich vor dem Eingriff genau über die Faktenlage zu informieren. Das bringt eine gewisse Sicherheit mit sich.

Sehr hilfreich und tröstlich dabei ist ein Gebet.

Zum Glück gibt es auch noch gute Ärzte, die ihr Fach verstehen und unter großem Zeitaufwand Menschenleben retten.

*

Bei genauer Überlegung war ich in den letzten zwanzig Jahren für meine Familie von morgens bis abends nur im Einsatz gewesen. Dazu kamen die Sorgen um meine Mutter und meinen viel zu früh erkrankten Mann.

Dieser Zeitabschnitt war nicht einfach für mich. Oft bin ich an meine Grenzen gestoßen, aber ich hatte keine andere Wahl. Mir blieb keine Zeit zum Überlegen und beklagen konnte ich mich auch nicht.

So dachte ich jeden Tag aufs Neue: Kopf hoch und durch.

Da blieben auch die Ängste und Gefühle kontrolliert. Die Angst war zwar gegenwärtig, aber ich lernte damit umzugehen. Zum Glück gab es für mich die Hoffnung, die mich nie im Stich gelassen hat. Immer habe ich gehofft, bis zum Schluss, dass es besser wird, aber es kam alles ganz anders.

Heute kann ich sagen, dass ich alle Möglichkeiten wahrgenommen habe, bis es nicht mehr ging. So muss ich mir keine Vorwürfe machen und kann dadurch innerlich etwas zur Ruhe kommen.

Mein Leben war mit Arbeit ausgefüllt und ich war oft sehr traurig. Viel Schweres habe ich durchlebt, bin nächtelang wach gelegen, da es mir in dieser Zeit gesundheitlich sehr schlecht ging. Aber ich musste für meine Familie stark sein, durfte keine Schwäche zeigen, musste meine Tränen zurückhalten.

Viele Menschen sagten: „Es geht immer weiter."

Sie hatten gut reden. Doch wie es in mir aussah, wusste niemand. Nach außen hin musste ich mir eine Maske aufsetzen, denn keine Menschenseele konnte mir helfen. Ich musste kleine Schritte alleine gehen.

*

Nach all′ den Aufregungen sehnte ich mich nach Ruhe. Jetzt hatte ich endlich Zeit zu lesen. Bei einer guten Lektüre konnte ich die Alltagsprobleme vergessen, in mich hineinhören.

Auch die Musik brachte mich auf andere Gedanken, wenigstens für kurze Zeitabschnitte.

Ich hatte das Bedürfnis, mir den großen Schmerz von der Seele zu schreiben.

Wenn ich traurig war, schaltete ich meinen Radio-Apparat an. Ich war auf der Suche nach Aktivitäten, die mir Spaß machten.

Meine Gedanken gehörten besonders den Tieren, für die ich etwas Gutes tun könnte.

Auch das Schreiben bereitete mir große Freude. Obwohl ich erst eine Anfängerin war, tröstete es mich über meinen Kummer hinweg.

Manchmal träumte ich mit offenen Augen.

Mit gutem Gewissen kann ich heute sagen: „Lasst Euch nicht unterkriegen, verfolgt stets Euere Ziele, dann wird es Euch besser gehen."

Blender gibt es überall auf der Welt, die man jedoch bald erkennt und dann zur Rechenschaft ziehen kann. Es ist gut, die Augen offen zu halten. Bei allem Leid gibt es auch das Schöne auf der Welt.

*

Viele Menschen haben bemerkt, dass es raffinierte Leute unter uns gibt. Überall halten sie sich auf. Ohne gute Beziehungen geht heute nichts mehr. Wenn man glaubt, man steht in der ersten Reihe, kann sich das Blatt rasch wenden.

Die derzeitigen Zustände sind entstanden, weil das Geld als wichtiger erachtet wird als der Mensch.

Für nur zehn Euro fuhr eine Frau fünfzig Kilometer weit zu ihrer Oma, um für ihre Kinder etwas zum essen zu kaufen. Zu mir sagte sie: „Die Lebensmittel müssen für drei Tage reichen."

Die Armut wird immer schlimmer.

Ich sah Leute, die in den Abfalltonnen wühlten, um sich die Essensreste herauszuholen.

Manche Verschwender werfen ganze Packungen weg, die andere Leute noch gut gebrauchen könnten.

Unsere Denkweise ist erneuerungsbedürftig, in allen Bereichen.

Auch unser Glaube ist abhanden gekommen. Wenn du morgens die Augen aufmachst   und vor dem

Nichts stehst, keine Arbeit mehr hast, keine Nahrung, eine kalte Wohnung, weil du dir die Heizung nicht mehr leisten kannst, Strom für dich Luxus geworden ist, dann ist es gut, einen einzigen Freund zu haben, der dich unterstützt.

Denn im kleinen Bereich, ganz in der Stille, beginnt der Aufschwung.

***

Wahre Begebenheiten I

Einmal bin ich mit fast vierzig Grad Fieber zur Arbeit gefahren. Ich konnte mich kaum auf den Beinen halten. Nur aus Angst, ich könnte meine Arbeit verlieren, da ich neu im Betrieb war, war ich gekommen.

Mein Mann Josef war schon Frührentner, er bekam eine BU-Rente, diese war nicht hoch für unseren Lebensunterhalt, deshalb musste ich mitarbeiten.

Für mich war das Leben oft schwer, aber ich ging gerne zur Arbeit, auch dann, wenn ich mich gesundheitlich noch so schlecht fühlte.

An manchen Tagen konnte ich mir nur einen Apfel und eine Scheibe trockenes Brot leisten.

Das war für mich nicht schlimm, die Hauptsache war, dass ich wieder Arbeit gefunden hatte, wenn auch nur für kurze Zeit.

Durchhalten und stark sein, das war schon immer meine innere Einstellung.

An einem Arbeitstag bekam ich am Arbeitsplatz durch das Fieber einen roten Kopf und mir wurde ganz übel, als der Meister kam und mich aufforderte, die Stückzahl im Akkord bis heute Abend zu erhöhen. Ich hatte das Gefühl, dass er nicht einmal bemerkte, dass ich Fieber hatte und wie schlecht es mir ging.

Ich fühlte, dass das Verständnis für die Mitmenschen auf der Strecke geblieben war.

Wenn du plötzlich auf der Straße umfallen würdest, würde es heißen, du bist betrunken.

Die Menschen sind sehr oberflächlich geworden.

Wo soll diese Einstellung hinführen?

Der Glaube an das Gute in uns ist bei vielen Leuten schon lange verschüttet.

*

Meine Erfahrungen sind die: hat man Glück mit seiner Gesundheit, gute Gene, eine positive Lebenseinstellung zu allen Dingen und eine Kämpfernatur, dann ist man auf der Gewinnerseite. Hat man all´ das nicht, dann hat man verloren.

Geht man heute in eine Klinik und weiß nicht Bescheid, gehört man schon zu den Verlierern. Wenn man ein Kassenpatient ist, kommt man immer auf die Warteliste. Ist man jedoch privat versichert, dann kümmern sich die Ärzte und das Pflegepersonal gleich um ihre bevorzugten Patienten.

All´ das habe ich in Kliniken hautnah erlebt.

Es ist traurig, dass man im Krankenhaus so behandelt wird, wo bleibt da die Menschenwürde?

Niemand hat mehr Zeit für das Schicksal anderer Menschen. Manche Ärzte tun so, als hörten sie den Patienten zu, in Wirklichkeit aber sind sie schon beim nächsten Krankheitsbild.

Und viele Menschen lachen dir ins Gesicht, dabei merkst du genau, dass es ein aufgesetztes Lachen ist.

Es ist nicht schwer, mit den anderen Mitbürgern normal umzugehen, wenn man nur ein Lächeln für sie übrig hat oder gute Worte, die ehrlich gemeint sind, von Herzen kommen. All´ das kostet nichts, es braucht nur etwas Menschlichkeit.

Überwinde einmal deine innere Trägheit und du wirst sehen, es geht dir gut dabei. Dann hast du nichts zu bereuen. Jeder Mensch kann es, er muss es nur wollen.

Ein Spruch lautet: „Liebe deinen Nächsten, wie dich selbst."

In unserer Gesellschaft hat sich vieles verändert, besonders die Umwelt.

Ein großes Problem ist die Arbeitslosigkeit. Viele Leute haben kein Geld mehr, nicht einmal für den täglichen Bedarf. Diese Zustände sind mit Schuld, dass viele Männer und Frauen verbittert und mutlos geworden sind. Deswegen können sie nicht mehr lachen, vor lauter Sorgen um ihre Familie bekommen sie Kopfschmerzen.

Viele junge Leute haben aufgrund der hohen Arbeitslosenzahl keine Perspektiven mehr und leben auf der Straße.

Wenn man als Rentner schon wegen fünf Euro totgeschlagen wird, werden sich ältere Menschen bald nicht mehr auf die Straße trauen. Wie können diese jungen Leute erwarten, dass sie geliebt werden?

Mit der Wahrheit nehmen es viele Bürger nicht mehr genau, das ist eine Erfahrung, die ich gemacht habe. Ebenso eine Veränderung in unserer Gesellschaft.

*

Viele Menschen, die den sozialen Abstieg erlebten, entwickelten ihre eigene Philosophie. In ihrer eigenen Welt können sie ihre Träume leben. Dabei ergeht es ihnen gut, wenn sie sich an etwas Schönem erfreuen und sich damit vor dem Absturz bewahren.

Wenn man mit offenen Augen durch die Straßen geht, sieht man Menschen aus vielen Ländern der Erde.

Ich habe festgestellt, dass der Zusammenhalt in der Familie immer weniger wird.

Niemand scheint sich daran zu stören, warum unser Leben so schwer geworden ist.

Auch hat sich die Gefühlskälte zwischen den Beziehungen der Partner stark ausgebreitet.

*

Wenige Leute haben Interesse an ihrem Nachbarn, dieser könnte schon wochenlang krank in seinem Bett liegen, kein Mensch bekäme diese Situation mit.

Früher war das anders, da wusste man noch, wie es dem „lieben Nachbarn" ging, hat mit ihm über seine Sorgen und Nöte gesprochen, oder nachgefragt, wie er sich fühlt.

Langsam, aber sicher, vereinsamen wir.

Nicht nur die Welt ist kalt geworden, sondern auch viele Menschen haben keine Seele mehr. Ich habe diese Veränderungen in letzter Zeit bemerkt, von Jahr zu Jahr sind sie schlimmer geworden.

*

Es gibt viele Neider, die dir keinen einzigen Euro gönnen.

Zum Beispiel: Hast du nur eine neue Jacke oder ein neues Bett gekauft, kommt schon der Neid bei den Menschen zum Vorschein, obwohl sie selbst genug Güter besitzen. Oft machen diese Leute ihre vorlauten Bemerkungen, in dem sie ihre „spitze Zunge" wie ein Messer wetzen. Unnötige Gedanken darüber zu machen, bringt nichts.

Die Jahre, die mir noch bleiben, will ich, so gut es geht, sinnvoll verbringen. Ich möchte mein Inneres öffnen für die schönen Dinge des Lebens. Ich wünsche mir, dass ich alles so umsetzen kann, wie ich es mir vorstelle.

Meine Mutter sagte oft zu mir: „Freue dich am Leben und mache das Beste daraus." Sie hatte Recht. Auch sie war die letzten siebenundzwanzig Jahre ihres Lebens alleine, wollte keine neue Partnerschaft eingehen. Am Anfang hatte ich diese Einstellung nicht verstehen können, aber mit den Jahren hatte ich es begriffen, warum meine Mutter es so wollte.

*

Nach Josefs Tod stand ich mit all´ den Arbeiten alleine da. Weit und breit wurde mir nichts gesagt und keine Hilfe angeboten. Die Verwandten waren zwar alle in die Klinik gekommen, um zu begutachten, aber keiner hatte gefragt: „Soll ich dir etwas erledigen? Oder mache doch einmal einen Tag Pause, wir sehen für dich nach dem Rechten."

Es gab im Krankenhaus viel zu sehen und zu registrieren, denn einige Schwestern waren total überfordert. So manche Machtkämpfe musste ich ausführen, nachdem bei Josef die Pflege nicht sorgfältig gemacht worden war.

An einem Tag waren seine Nägel nicht geschnitten, obwohl ich es dem Pflegepersonal ein paar Mal gesagt hatte. Dann habe ich, so gut es ging, die Nägel selbst geschnitten. Dieses war eine schwierige Arbeit. Einigermaßen habe ich es fertiggebracht beim Duschen meinem Mann die Nägel zu schneiden.

Oft übernahm ich die Mundpflege, da das Personal überhaupt keine Zeit dafür hatte.

Da gab es noch die Märchenerzähler. Nach Hinterfragung wie es weitergehen soll, hatte jeder Arzt eine andere Geschichte für mich bereit, nach dem Motto: "Du kannst sie dir selbst zusammen reimen."

Die Bemühungen um den kranken Menschen werden immer weniger. Der Klinikalltag geht nach einem Zeitplan und der Patient bleibt auf der Strecke.

Das sind Beobachtungen, die ich gemacht habe.

Freunde sind keine mehr da, die sind untergetaucht. Das habe ich festgestellt.

Man kann sich nur wünschen, dass man sich, so lange es geht, selbst versorgen kann und dass man gesund bleibt. Leider hat nicht jeder Mensch das Glück, dass er sein Leben bis ans Ende selbst bestimmen kann. Aber man muss positiv denken.

Niemals sollte man sich unterkriegen lassen, stets für die Gerechtigkeit kämpfen. Dann wird man merken, dass man mit einem nicht alles machen kann.

Auch ich habe mir oft meine Rechte erkämpfen müssen und heute habe ich zwar keine Freunde, weil die Wahrheit so schwer zu ertragen ist, dafür einen stark machenden Glauben an mich selbst.

*

Fast jeder Mensch möchte etwas von dir, du wirst oft gefragt: „Wie geht es dir?"

Aber wie es wirklich in dir aussieht, will niemand wissen.

Einmal musste ich im Krankenhausflur nach einem Besuch bei Josef bitterlich weinen. Viele Klinik-Besucher gingen an mir vorbei und kein Mensch fragte mich:

„Kann ich etwas für Sie tun?"

Die Gefühlskälte ist wie ein Virus, überall.

Eine ältere Dame von etwa achtzig Jahren ist mir im Krankenhaus begegnet. Sie hatte große Angst zu fragen, was mit ihrem Familienmitglied los ist. Als Antwort hieß es: „Nicht besser, nicht schlechter." Damit konnte sie nicht viel anfangen.

Ich sagte zu ihr: „Sie haben ein Recht darauf, näheres über die Diagnose zu erfahren, damit Sie wissen, was auf Sie zukommt."

Sie fragte: „Kann ich das?" Die Frau wirkte total unsicher und verängstigt.

Ich ging mit ihr zum zuständigen Arzt und sagte: „Bitte geben Sie dieser Frau eine verständliche Auskunft, damit sie zur Ruhe kommt."

Der Arzt schaute mich überrascht an, letztendlich ist er mit der Dame ins Arztzimmer gegangen, um ihr den Befund zu erläutern.

***

DIE SCHWIEGERMUTTER

Der Alltag mit meiner Schwiegermutter war nicht leicht. Nur wenn ich ihr grundsätzlich Recht gab, ging es mir gut, dann war ich die Beste. Wenn wir einmal nicht einer Meinung waren, dann hatte ich schlechte Karten.

Das Leben wurde dann richtig schwer für mich.

Ihrem Sohn gegenüber vertrat sie eine andere Meinung.

Josef und ich unterhielten uns über diese verschiedenen Aussagen. Er sagte zu mir: „Stelle dich taub, das ist das beste."

Die Schwiegermutter war nie ehrlich zu mir. Ständig suchte sie Streit.

Ich konnte nur froh sein, dass mein Mann immer hinter mir stand, sonst hätten wir zweiundzwanzig Jahre nur im Streit leben müssen.

Als meine liebe Mutter gestorben war, besuchten wir kurze Zeit danach die Schwiegermutter. Im Gespräch sagte sie zu mir:

„Rege dich nicht auf, wir müssen alle einmal krepieren."

Diese Frau war oft verletzend. Ich bin nie dahinter gekommen, warum sie so hart und ungerecht war. Andere Menschen hatten ja auch die Kriegsjahre miterleben und erleiden müssen und sind nicht so verbittert geworden wie sie.

Oft wurde ich von Josefs Mutter belogen, dieses Verhalten verletzte mich sehr. Als allein erziehende Mutter musste sich diese Frau durchs Leben kämpfen, das ist sicherlich nicht leicht für sie gewesen.

Mein Mann Josef war in jungen Jahren viel allein, weil seine Mutter arbeiten musste. Damals ist er auf Bäume geklettert und hat mit der Steinschleuder auf Vögel geschossen. Spielsachen hatte er keine, so kurze Zeit nach dem Zweiten Weltkrieg, das konnten sich die einfachen Menschen damals nicht leisten.

Die Ernährungslage war schlecht. Ein Laib Brot musste für die ganze Woche reichen. Oft gab es Suppe und Grießbrei, ja man musste damals als Hausfrau und Köchin erfinderisch sein.

Sehr gerne aß Josef Pfannkuchen mit Marmeladenfüllung; Fleisch gab es nur an Sonntagen.

*

In späteren Jahren hatte meine Schwiegermutter erneut geheiratet, zu dieser Zeit war Josef schon dreizehn Jahre alt. Seine Mutter bekam einen Sohn und der Dreizehnjährige einen kleinen Bruder.

Der Altersunterschied der beiden war jedoch zu groß, so dass keine Gemeinsamkeiten gepflegt werden konnten. Jeder der Söhne hatte seine eigenen Ideen.

Die Jahre vergingen.

Als der Ehemann meiner Schwiegermutter verstarb, war sie schon mit zweiundfünfzig Jahren Witwe und musste für sich und ihre Söhne sorgen.

Dieser Schicksalsschlag war nicht leicht für die kämpferische Frau, die dazu nur eine kleine Rente erhielt. An allen Ecken und Enden musste die Schwiegermutter wieder sparen. Da wurde sie in die Nachkriegszeit zurückversetzt, wo es ebenfalls wenig zu essen gab, da das Geld im Hause knapp war.

Ich glaube, diese schicksalsschweren Lebensabschnitte haben die willensstarke Frau geprägt.

Die Schwiegermutter hat sich Westen und Pullover gestrickt, später auch für andere Leute, um das Haushaltsgeld aufzubessern.

Selbst bei einem Bauern auf dem Feld verrichtete sie harte Arbeit, die mit Naturalien wie Eiern, Butter, Milch, Kartoffeln und Gemüse bezahlt wurde.

Josefs jüngerer Bruder aus der zweiten Ehe hatte es besser als der Erstgeborene. Er musste nicht auf alles verzichten. Den kleineren Sohn liebte die Schwiegermutter mehr, da sie in ihren jungen Jahren mit meinem Mann Josef so viel durchgemacht hatte. Das fand ich in den langen Jahren heraus.

Eigentlich hätte die Schwiegermutter drei Söhne gehabt, aber ein Kind ist nach ein paar Monaten an einer Lungenentzündung gestorben. Es war Josefs jüngerer Bruder aus der ersten Ehe seiner Mutter.

Der zweite Mann meiner Schwiegermutter ist jung verstorben, er wurde gerade einmal vierundfünfzig Jahre alt. Weshalb er so früh starb, weiß ich nicht, darüber wurde nie gesprochen. Und wenn, dann waren es verschiedene Krankheiten, etwas genaues wusste ich nicht.

*

In den letzten Jahren, als meine Schwiegermutter körperlich und geistig sehr abgebaut hatte, wurde sie mir gegenüber offener. Sie sprach über ihre Vergangenheit, und was ihr alles im Leben widerfahren war.

Auf einmal konnte ich sie besser verstehen, da ich Einblick in ihr hartes Leben bekommen hatte, das von Beginn an ein Kampf gewesen war.

Es war auch trostlos, denn meine Schwiegermutter hatte keine Freunde. Sie war jahrzehntelang allein. Am Leben draußen hat sie nicht teilgenommen.

Seniorentreffen und vieles mehr, das wollte sie nicht, denn sie vertraute niemandem und bildete sich ein, die Leute würden ihr etwas wegnehmen.

Sie freute sich sehr, wenn ihre Söhne mit Frauen und Enkelkindern zu Besuch kamen, dann konnte sie auch lachen und war für ein paar Stunden glücklich.

Wenn ich überlege, ist es vielleicht für sie in Ordnung gewesen, der Rückzug von allem in ihr Schneckenhaus. Wenn ich zu ihr sagte:

„Gehe doch einmal ins Dorf zum Kaffeeklatsch", schüttelte sie den Kopf.

Die letzten Jahre hat meine Schwiegermutter in einem Pflegeheim gelebt, da sie schwer unter Demenz litt. Zu Hause konnte sie nicht mehr kochen, auch die

Körperpflege hatte sie nicht mehr unter Kontrolle. Sie stürzte häufig und es war zu gefährlich, sie zu Hause alleine zu lassen.

Mein Schwager hat sie dann in einem Pflegeheim untergebracht. Wir besuchten sie dort ein paar Mal.

Zum Schluss hat sie uns nicht mehr erkannt, immer mehr an Kraft verloren und ist im Jahre 2007, am Muttertag, für immer eingeschlafen.

***

DAS KRANKENHAUS-DRAMA

Wehe den Menschen, die krank werden und in die Klinik müssen, dann haben sie verspielt.

Bei der Diagnose kann es passieren, dass nur ein Buchstabe etwas anderes aussagt und schon ist das Drama perfekt.

Dann fangen die Ärzte zu suchen an. Da kann es sein, dass die Patienten wegen einer ganz anderen Krankheit behandelt werden als diejenige, die sie tatsächlich haben.

Stell dir vor, du kannst nicht mehr sprechen und hast niemanden der dich kennt, deine Meinung vertritt, dann bist du gleich verloren. Dann heißt es, wir müssen suchen. Das kann lange Zeit dauern, du wirst gequält und musst unnötig leiden.

Dann wird dir die Untersucherei zuviel.

Schwestern beruhigen die Patienten und verabreichen ihnen Medikamente. Danach schlafen die Kranken den ganzen Tag und können keine Fragen mehr stellen.

Aufgrund des chronischen Personalmangels müssen die Kassenpatienten oft stundenlang auf die Untersuchungsergebnisse warten.

Ja, so ist es, jeden Tag und überall hat sich dieser Virus ausgebreitet.

Manche Pfleger haben die Ruhe weg.

Es kann dauern, bis einige Ärzte endlich sagen, was für eine Krankheit du hast.

Das größte Glück für die Krankenhaus-Patienten ist, wenn sie sich auf ihre Angehörigen verlassen können.

Wenn die Klinikärzte überfordert sind, bekommen die Kassenpatienten nur die nötigste Versorgung. Wichtige Fragen über den Krankheitsverlauf bleiben unbeantwortet. Die Kranken müssen warten, bis ein Arzt Zeit für sie hat.

Manchmal hatte ich das Gefühl, das ist wirklich so, da ich es selbst erlebt hatte, dass ich für „dumm verkauft" wurde, denn ich bekam keine richtige Antwort auf meine wichtigen Fragen. Es ist gut, wenn man sich im medizinischen Bereich etwas auskennt, dann hat man Glück und bekommt Antworten.

Die Kosten und somit die Beiträge für die Gesundheit steigen ständig. Menschen mit kleinem Einkommen sind die Leidtragenden.

Privatpatienten dagegen erhalten eine bessere Versorgung. Als Kassenpatient wird man so schnell wie möglich aus dem Krankenhaus entlassen. Da zweifelt man an der menschenwürdigen Behandlung.

Wenn man sagen kann: „Es ist mir gut ergangen", hat man Glück gehabt.

Auch die Suche im Internet oder im Ausland nach preiswerten Medikamenten wird ständig erhöht, wenn man gesundheitliche Probleme hat.

Viel zu viele Leistungen muss man selbst bezahlen.

Das Gebiss für die Oma bekommt man auch nicht mehr kostenlos, selbst hier muss man zuzahlen.

Ein neues Brillengestell sowie, die Brillengläser gehen ebenfalls zu Lasten der Versicherten.

Dabei sind die Krankenkassenbeiträge in den letzten Jahren enorm gestiegen.

Die Bevölkerung muss noch mehr Angst haben als bisher, denn die Zeiten werden nicht besser, sondern immer beschwerlicher, wenn man sich nichts mehr leisten kann.

***

DER ALLTAG

Durch Josefs Krankheit war der Alltag für mich kein „Honigschlecken", da mein Mann nicht immer gut aufgelegt war. Er wollte seine Gefühle nicht zeigen, wenn es ihm körperlich wieder einmal nicht gut ging.

Dann entwickelte ich „hellseherische Fähigkeiten". Ich habe dann „Rate mal?" gespielt, hatte Josef gefragt:

„Wie geht es dir heute?, gehe bitte zum Arzt."

Mit Engelszungen musste ich auf ihn einreden. Obwohl er chronisch krank war, hatte er mit seiner Gesundheit gespielt. Je mehr ich mit ihm schimpfte, desto mehr hat er sich stur gestellt.

Einmal ging es Josef sehr schlecht und weil er nicht zum Arzt gegangen war, hatte ich den Notarzt gerufen.

Der Arzt kam, untersuchte den Patienten und meinte: „Ihr Mann muss sofort ins Krankenhaus."

Das war für Josef kein Thema. Er hatte sich richtig angelegt mit dem jungen Arzt und ihn gebeten, die Wohnung zu verlassen.

Da konnte ich nur noch staunen und habe nichts mehr gesagt, da ich wusste, ich beiße auf Granit.

Es hatte keinen Sinn, Josef zu widersprechen, denn letztendlich war mein Mann für sich selbst verantwortlich.

Aber ich wollte ihm nur helfen. Er war oft so stur wie ein Maulesel, so wie seine Mutter; auch sie hatte den gleichen Dickschädel. Wenn ich zu ihr sagte: „Der Himmel ist blau", dann war er bei der Schwiegermutter lilablassblau.

Ich dachte, das ist ein schweres Unterfangen, da brauchte ich gute Nerven.

Oft war ich verzweifelt, da ich mich über Josefs Ansichten so aufregte. Ich konnte jedoch nichts unversucht lassen, ansonsten hätte ich mir Vorwürfe gemacht.

Auch Josefs Einstellung zum Essen war für mich nicht leicht.

Die ersten Jahre unseres Zusammenseins hatte er kein Gemüse und keinen Salat gegessen. Ganz langsam hatte ich ihn überzeugen können.

Mit den Jahren begriff er, dass er nicht nur von Fleisch leben konnte, da diese Ernährungsweise einseitig war.

Nach vier bis fünf Jahren hatte Josef endlich meine Rollrouladen und Salate akzeptiert. Später konnte ich ihn von Joghurt und Quark überzeugen. Ich war sehr glücklich, dass er meine Vorschläge angenommen hatte.

Nur die Sorge um seinen kranken Körper hatte er nicht ernst genug genommen.

*

Die Jahre gingen vorüber.

Es folgten Höhepunkte und Tiefschläge in unserer gemeinsamen Zeit, aber das Schlimmste waren Josefs vier Herzoperationen.

Insgesamt musste er sechsmal ins Krankenhaus und er war dreimal zur Kur.

Da gab es viel Aufregung für mich. Ich hatte mir immer wieder gesagt:

„Bleibe stark, lasse dich nicht unterkriegen."

Außer meinem Mann Josef musste ich auch noch meine liebe Mutter versorgen. Zudem meine Arbeit verrichten und den Haushalt führen, und das alles mit einem uneinsichtigen Mann.

Dann war auch noch die Schwiegermutter zu betreuen, die nicht pflegeleicht war.

Mit meinen Nerven war ich fast am Ende.

Heute frage ich mich, wie ich diese täglichen Belastungen nur ausgehalten habe.

Dazu kam noch die Verwandtschaft, die mir angeblich hilfreich zur Seite stehen wollte.

Die Verwandten waren so von Josefs Krankheit beeindruckt, dass jeder von ihnen eine Diagnose abgeben wollte.

So jedenfalls hatte ich diese Situation empfunden.

Keiner der Verwandten wollte mit mir darüber sprechen, was er dachte, denn alle interessierten sich nur für das Erbe, wenn überhaupt etwas übrig blieb.

Dann wollten die Besucher eine Freundschaft oder eine Verbindung angeblich mit mir aufbauen, aber nach einem kurzen Kennenlernen, waren sie wieder verschwunden, sie haben sich dann nie mehr bei mir gemeldet.

Also war ihr Interesse an mir nicht so groß.

Am Ende war ich mit meiner Trauer allein gelassen.

Schmerzlich bemerkte ich, dass meine Freunde weit weg waren. Keiner von ihnen war da, um meine Hand zu halten, oder um mich einfach wortlos in die Arme zu schließen.

Niemand rief mich an.

Wo waren die Verwandten und Freunde, welche Jahrzehnte keine Ahnung von Josefs Krankheit gehabt hatten?

Sie besuchten mich kurz, dann sah und hörte ich nichts mehr von ihnen.

War ihre Anteilnahme nur eine Schau?

Auch von Josefs Freunden, die früher jede Woche bei uns zu Besuch waren, kam niemand mehr. Sie sagten lediglich zu mir: „Wir melden uns, und wenn du Hilfe brauchst, rufe uns an."

Jedoch niemand kam, sie hatten sich zurückgezogen.

Einige wichtige Haushaltsgegenstände waren defekt. Mein Bruder kam und reparierte sie, so gut es ging.

Eine gute Freundin, mittlerweile eine Bekannte, die ich dreißig Jahre zu kennen glaubte, hatte sich ebenfalls rar gemacht. Zweimal besuchte sie mich, um zu schauen wie es finanziell aussah, und dann kam sie nicht mehr.

Ist dieses Verhalten Freundschaft?

Ich verstehe darunter etwas ganz anderes.

Aber ich bin stark genug, um mich ganz neu zu finden, um zu sehen was mir Spaß macht und vielleicht auch neue Freundschaften zu pflegen; mit Menschen, die es wert sind, Freunde genant zu werden.

***

EMPFINDUNGEN

Hast du schon bemerkt, dass deine Werte gleich Null sind, wenn du kein „Krösus" bist?

Hast du kein Hab und Gut, gehörst du nicht zur Gesellschaft, wirst wie ein Regenwurm getreten.

In allen Bereichen möchtest du dich mitteilen, auf deine Lage aufmerksam machen, doch keiner will die Wahrheit hören. Gefühle zulassen schon gar nicht.

Wie arm sind wir doch geworden!

Vor Jahrzehnten war vieles besser, da wusste wenigstens der Nachbar noch, was du tust und wie es dir geht. Man sprach noch miteinander. Das gegenseitige Geben und Nehmen war stark ausgeprägt.

Heute kennt man sich nicht mehr.

Der Glaube an Gott ist weniger geworden. In der Kirche sind viele Plätze leer.

Der Pastor muss seinen Gottesdienst in die Natur verlegen.

*

Schon sechzehn Jahre wohne ich in einem Ort, und da ich immer arbeitete, hatte ich für nichts Zeit. So kam es, dass ich fast keine Menschen im Dorf kannte.

Es lag nicht an mir, sondern dass ich in meiner Familie gebraucht wurde; da war die Arbeit, die Versorgung des Haushalts, mein kranker Mann und nach meiner Mutter musste ich auch sehen.

Und jetzt, wo Zeit da gewesen wäre, wo ich mit meinem Mann einiges hätte unternehmen können,

war ich plötzlich wieder allein und ich musste mich ganz neu finden, entdecken, was mir Spaß machen könnte.

Das ist nicht leicht, da man durch seine Gewohnheiten gefangen ist.

Man muss es sich mühselig aneignen, das neue Leben.

***

FREUNDE

Freunde sind wie Sterne, sie sind nur manchmal am Himmel zu sehen.

Ich konnte noch soviel Ausschau halten wie ich wollte, Freunde sah ich derzeit keine mehr. Sie hatten alle nur leere Versprechungen gemacht, aber als ich Hilfe brauchte, war niemand für mich da.

Speziell Josefs Freunde hatten nach der Beerdigung gesagt:

„Wenn wir für dich etwas erledigen können und du mit jemand sprechen möchtest, kannst du uns jederzeit anrufen."

Genau das tat ich, hatte mich bei ihnen gemeldet, da ich einen Freund zum Reden gebraucht hätte. Aber es gab nur einen Anrufbeantworter und ich hörte: „Nach dem Piepton können Sie eine Nachricht hinterlassen."

Es konnte nicht sein, dass Freunde es nicht schafften, sich einmal bei mir zu melden.

Sie sollten wenigstens ehrlich sein und sagen:

„Wir wollen uns nicht melden, da du uns egal bist."

Ständig wurde ich belogen und ich konnte niemandem mehr vertrauen.

Die Leute, die jahrelang zum Kaffeetrinken zu uns gekommen waren, die sah ich plötzlich nicht mehr.

Da erkannte ich den wahren Charakter von denen, die sich früher Freunde genannt hatten.

Von der „buckligen Verwandtschaft" hörte ich auch nichts mehr.

Sie hatten nur geschaut, ob es etwas zu holen gab.

Von Oma wollten sie nichts haben, sagten sie. Doch es gab ein Sparbuch, wo beide Erben, mein Mann und sein jüngerer Bruder, aufgeführt waren.

Nachdem die Oma verstorben war, wollte die Verwandtschaft von mir erben, obwohl über Jahrzehnte kein Kontakt mehr zu ihnen bestand.

Mein Mann Josef hatte vor Jahren schon gesagt:

„Ich will niemand von meiner Verwandtschaft sehen."

Wir hatten über dieses Thema öfter diskutiert und waren uns in dieser Hinsicht einig.

Aber diese „Raubtiere" suchten überall nach Beute. Ich war geschockt.

Sie hatten Illusionen, sie wussten ja gar nicht, wie unser Leben all´ die Jahre abgelaufen war. Sie konnten ja nicht ahnen, dass ich schon jahrelang unseren Unterhalt alleine verdienen musste.

Da bemerkte ich, dass Menschen, die sich Freunde nennen, gar keine sind. Sie kamen nur zu Besuch, um zu sehen, was zu holen ist.

Ich hatte erkannt, dass es in meinem Leben keine „wahren Freunde" gibt.

Verbittert bin ich nicht, nur maßlos enttäuscht, weil ich diese Haltung von diesen Leuten nicht erwartet hatte.

Deshalb muss ich vergessen was war und mir zukünftig selbst meine Freunde suchen. Ich glaube, dass es doch noch ehrliche Menschen gibt. Nur wo?

Ich würde sie selbst mit der Laterne suchen.

Es gibt sehr viele Einzelgänger in unserer Gesellschaft, darüber hatte ich nachgedacht und festgestellt, dass es vielen Menschen mit einem Trauerfall genau so ergangen ist, dass sie keinen zuverlässigen Freund mehr hatten.

Aber ich gebe die Hoffnung nicht auf, ich muss nach vorne schauen.

Mein Leben war nicht immer leicht gewesen.

Dann dachte ich, hast du dieses harte Schicksal verdient?

Täglich hatte ich schwer arbeiten müssen, hatte mich um andere Leute gekümmert, aber wehe dem, ich wollte mit Freunden einen Kaffee trinken, mit ihnen sprechen, da hatte ich niemanden, denn alle, die sich Freunde nannten, waren nicht zu erreichen.

***

WAHRE BEGEBENHEITEN II

In der Gegend, in der ich wohne, gab es oft Streitigkeiten.

Mittlerweile sind schon zwölf Jahre vergangen.

Meine Wohnung liegt im Parterre, über mir wohnt eine Familie mit vier Personen. Diese hat einen Jungen, der sich über Jahre hinweg nicht an die Hausordnung hielt.

Im Hof hatte er mit seinem Fußball ein Rosenbeet verwüstet. Kaum blühten im Frühling die Blumen, hatten sie durch diese Behandlungsweise keine Chance, weiter zu wachsen.

Daraufhin habe ich mit der Mutter des Übeltäters gesprochen. Sie schaute aus dem Fenster und rief:

„Was geht dich das an!"

Krachend warf sie das Fenster zu.

So trieb der Bengel sein Unwesen viele Jahre.

Der Hof wurde neu gepflastert und das Blumenbeet nicht mehr angelegt.

Zu Weihnachten hatte der Junge eine Trommel bekommen. Nun gingen die Streitigkeiten weiter. Lautes Trommeln zu später Stunde nervte uns sehr.

Meine Tochter Elvira beschwerte sich, dann kehrte Ruhe ein.

Einmal bin ich kurz nach sieben Uhr morgens zum Bäcker gegangen, um Brötchen für das Frühstück zu holen. Da hörte ich lautes Trommeln des Jungen. Er dachte schadenfroh:

„Steht auf, ihr habt kein Recht auszuschlafen."

Wenn Kinder keine Vorbilder haben, die sie Respekt vor fremdem Eigentum lehren, woher sollen sie wissen, was Recht ist?

Mir fällt es sehr schwer, mich in dieser Umgebung wohl zu fühlen.

In absehbarer Zeit werde ich mir ein neues Zuhause suchen, wo ich die nötige Ruhe zum arbeiten habe.

Mein vergangenes Leben war bisher voller Unruhe. Jetzt sehne ich mich nach Frieden, nach Zeit, in der ich nachdenken kann. Ich werde diesen Frieden finden, denn einige Träume habe ich noch.

Mein bisheriges Leben war nur von Arbeit ausgefüllt, von Angst und Sorgen um meine Lieben.

Ich hoffe, dass ich mindestens hundert Jahre alt werde und körperlich keine Gebrechen habe. Ich möchte noch einiges aus meiner Kindheit schreiben und vieles mehr.

Möchte am liebsten die Sterne vom Himmel holen, sie waren stets meine Glücksbringer.

Ja, wenn alles so schön wäre wie meine Träume, könnte ich durch den Tag schweben und mein Leben wäre um vieles leichter.

Und dann wäre da noch Gott. Irgendwann, vielleicht in vierzig Jahren einmal, habe ich eine Verabredung mit ihm. Er aber meint, vorläufig hast du wegen Überfüllung durch geschlossene Gesellschaften keine Chance in den Himmel zu kommen. Ist dieser Traum gut?

*

Viele denken, ich bin stark und habe alles im Griff. Das ist aber nicht immer so gewesen. Manchmal ist alles Fassade und ich bin verwirrt, alles dreht sich um mich.

Wer fängt mich auf?

Dann muss ich versuchen, meine Pläne neu zu durchdenken, auch wenn es mir nicht leicht fällt. Es ist schwer, wenn man über Jahrzehnte zusammen entschieden hat und dann plötzlich alleine die Entscheidungen treffen muss.

Die Lücke, die Josefs Tod hinterlassen hat, wird niemals zu schließen sein.

Jetzt werde ich versuchen, mich selbst zu finden, Dinge tun, die mir Spaß machen. Ich hatte ja viele Jahre keine Zeit dazu.

Das Schöne und Gute wird noch kommen, ich muss nur daran glauben!

Ich wohne nun schon sechzehn Jahre in einem Dorf, aber mich kennt kaum ein Mensch und ich kenne nur wenige Leute. Ständig musste ich arbeiten, mich um meine Mutter und meinen kranken Mann kümmern. Die Zeit für Freundschaften war nicht gegeben, deshalb fühle ich mich allein. Vielleicht muss ich mehr Veranstaltungen besuchen, um neue Freundinnen kennen zu lernen.

*

Ich spürte, dass viele Menschen auf mein Hab und Gut ein „Auge geworfen" hatten, das ich mir ein Leben lang hart erarbeitet hatte. Sie wollten alles erben, ohne sich um mich gekümmert zu haben.

Ich sage dir, du bleibst auf der Strecke, wenn du in einem Pflegeheim liegst. Wenn du Pech hast, darfst du stundenlang an die Decke starren.

Es werden nicht mehr als ein paar Worte mit dir gewechselt. Dies kann alles passieren und du wirst nicht lange gefragt, ob es dir passt, oder nicht.

Deine Verwandten wollen nur ihren Erbteil, wie es dir dabei geht, ist ihnen egal.

Ich rate dir, am besten du triffst gleich eine Verabredung mit dem Petrus an der Himmelspforte, damit du nicht lange warten brauchst.

Die meisten Menschen sind wie Geier, die sich auf Aas stürzen.

Manche Altenheime bleiben auf ihren Kosten sitzen. Da werden der Opa oder die Oma zum Kaffee trinken vom Heim abgeholt und nicht mehr zurückgebracht, weil die Unterbringung für die älteren Menschen viel zu teuer ist.

Das ist Realität. Finanziell ist nichts mehr zu holen, obwohl vor dem Eintritt in das Heim alles Nötige klar besprochen wurde.

*

Wenn du sagst: „Es geht mir gut", brauchst du nicht zu jammern. Du musst froh sein, wenn du morgens aus dem Bett kommst und arbeiten kannst.

Es gab auch bittere Schicksale im Pflegeheim, zum Beispiel: Eine ältere Dame aus wohlhabendem Hause hatte früher sechs Kinder großgezogen. Alle hatten eine gute Ausbildung bekommen, und sind dadurch zu Reichtümern gelangt.

Nur die einsame Frau kam nicht in den Genuss des Wohlstandes. Sie blieb auf der „Strecke", wurde regelrecht ausgebeutet. Ihr blieben zum Schluss nur ein paar Habseligkeiten. Als sie in ihrem hohen Alter körperlich am Ende war, wurde sie abgeschoben. Angeblich hat man sie zum „Probewohnen" in ein Altenheim gebracht und vergessen, sie dort wieder abzuholen.

Ich fühlte, dass diese Behandlung für die ältere Frau sehr bitter war.

Dies sind einige Erlebnisse aus dem Altenheim, wo ich arbeitete, die mich an manchen Tagen sehr traurig gestimmt hatten.

Die „reichen Leute" hatten nichts für andere Menschen übrig. Sie ließen sich im Heim kaum sehen, aus Angst, man könnte sie fragen: „Wann wird die Oma aus dem Heim abgeholt?"

Ja, hier hatte ich vieles erlebt.

Oft wurden mir Vorhaltungen gemacht, dass ich zu viel Creme und Waschgel verbrauchen würde. Schließlich ist die Körperpflege sehr wichtig. Die Menschen müssen täglich gewaschen und eingecremt werden, da ansonsten die Haut der Älteren wund und trocken wird.

*

Viele Vereine suchen nur nach Mitarbeitern, die ohne Lohn und um der Ehre willen gute Arbeit verrichten. Oft werden diese Menschen noch belächelt, das habe ich selbst gesehen.

Was ist bloß aus unserer Gesellschaft in den letzten Jahrzehnten geworden?

Als Kassenpatient hat man nur eine minimale ärztliche Versorgung und als Arbeitsloser wird man von den Beamten schief angesehen.

Als älterer Mensch sitzt man einsam in einem Pflegeheim, in dem sich viele Angehörige nur alle paar Monate sehen lassen.

Es gibt außerdem noch die Schnorrer, die von allen Menschen nur die Vorteile wollen.

Ach ja, da sind dann noch diese Leute, die sich wertvoller vorkamen, die für andere nur Verachtung übrig haben.

Echte Freunde zu finden, ist in unserer heutigen Zeit sehr schwer geworden.

Als Rentner wird man schon wegen fünf Euro auf der Straße überfallen und beraubt. Wo ist die gute Kinderstube geblieben?

Ich bin froh, dass ich diese Erziehung noch erlebt habe, obwohl meine Eltern wenig an Besitz hatten. Mein Vater hat stets erfolgreich in seinem Beruf gearbeitet und meine Mutter war mit ihren vier Kindern voll ausgelastet.

*

Die Ausbeutung der Berufstätigen hat schon weltweite Kreise gezogen.

Wenn man arbeitslos wird, weil die Firma zumacht, oder angeblich aus Kostengründen den Betrieb schließen muss, fängt für jeden Betroffenen das „Spießrutenlaufen" an.

Die arbeitslosen Menschen schreiben über hundert Bewerbungen, bekommen von den Sachbearbeitern nichts als Absagen. Es heißt:

„Wir haben uns für einen jüngeren Mitarbeiter entschieden", oder „wir müssen noch abwarten, die Entscheidung steht noch offen."

Obwohl viele Betriebe qualifizierte Mitarbeiter suchen, gibt es zu wenig Arbeitsplätze.

Die neueste Masche ist die: bist du schon jahrzehntelang in deinem Beruf tätig gewesen, dann verlangen die Vorgesetzten „Probearbeiten" von dir. In einem Zeitabschnitt von einem Tag bis zu einer Woche. Das ist der Trick, um an billige Arbeitskräfte zu kommen.

So wird gute Arbeit ohne Lohn verrichtet. Diese Ausnutzung hat sich bei den Mächtigen in der Industrie und im Handel herumgesprochen.

Die Arbeitssuchenden waren naiv und dachten, sie bekämen den Job, wenn sie eine Woche ohne Lohn arbeiten würden.

Von wegen, wir können es uns aussuchen!

Nur weil viele gute Arbeiter die Hoffnung nicht aufgeben, machen sie dieses falsche Spiel mit, bis es ihnen zuviel wird.

Ist es normal, dass man so mit ihnen umgeht?

Nein, sie sind auch jemand, dessen Menschenwürde zu achten ist.

Heute muss man sich durchsetzen, um überleben zu können. Für seine Rechte kämpfen, sich nicht unterkriegen lassen.

*

Schon am Anfang unserer Ehe musste ich arbeiten. Wegen seiner Herzkrankheit konnte mein Mann Josef, nach vier Jahren unseres Zusammenseins, nur noch halbtags zur Arbeit gehen.

In den Anfangsjahren musste er für seine Kinder aus erster Ehe Unterhalt zahlen. Das war seine Pflicht, er hatte zwar keine Bindung zu seinen Lieben, musste aber trotzdem seinen Anteil bezahlen.

Da Josef und ich unsere Einnahmen zusammenlegten, war dies nicht weiter schlimm. Das Chaos fing erst später an, als meine Firma die ganze Belegschaft entlassen musste und alle Beschäftigten arbeitslos wurden.

Daher musste ich jeden Job annehmen, der sich mir bot.

Irgendwann habe ich meine pflegerischen Talente entdeckt, habe eines Tages in einem Altenheim in der Pflege gearbeitet.

Diese Beschäftigung hat mir richtig Spaß gemacht.

Jeden Tag machte ich neue Erfahrungen, die mein Leben bereicherten.

Auch habe ich viel Dankbarkeit erfahren. Es gab Menschen, die mich liebten und andere, die verbittert waren, weil das Schicksal so hart mit ihnen umgesprungen war.

Es gab gute Tage und traurige Stunden, wenn ich zurückblicke, habe ich bei dieser Arbeit mit den kranken Menschen am meisten gesehen und viel dazu gelernt.

*

Wenn du morgens gut gelaunt aufstehst und denkst, der Tag wird perfekt, dann schalte nicht das Radio an. Da hörst du nur eine Schreckensmeldung nach der anderen: Die Lebensmittel sind wieder teurer geworden, die Preise klettern nach oben, wie soll dies weitergehen?

Die Leute haben immer weniger Geld in ihren Taschen.

Im Bus darfst du als Achtzigjähriger stehen, damit die Heranwachsenden einen Platz haben.

Und wenn du arbeitslos wirst und älter bist als fünfzig, gehörst du zum „alten Eisen." Keine Firma will dich mehr beschäftigen, weil es heißt: „Wir haben uns für einen jüngeren Mitarbeiter entschieden. "

Auch das Alter, in dem man Rente bekommt, wurde erhöht. Du darfst dann ruhig bis 67 Jahre arbeiten. Wo gibt es eine Firma, die dich als fast Sechzigjährigen einstellt? Da hast du bald ein Problem, weil du zu alt bist. Dann fragst du dich, weshalb deine qualifizierte Arbeit nicht erwünscht ist?

Die Politiker, welche die Gesetze gemacht haben, haben keine Ahnung von der Realität, da sie sich selbst finanziell gut versorgt haben. Warum halten die betroffenen Arbeiter und Angestellten nicht zusammen und demonstrieren auf der Straße? Haben sie Angst vor den Konsequenzen?

Es gibt wenig Zusammenhalt in dieser heiklen Situation, nur Schönredner.

Als einzelner Mensch kann man wenig ausrichten, aber wenn alle Geschädigten am gleichen Strang ziehen, so wie in anderen europäischen Ländern auch, dann haben die Streikenden vielleicht Erfolg. Sie könnten dann wenigstens sagen, "wir haben es versucht."

Die Manager und die Chefs großer Firmen erhalten dicke Gehälter.

Der Normalverbraucher muss sich überlegen, ob er sich noch ein Stück Butter leisten kann.

Tausende von Kindern haben in Deutschland noch nicht einmal ein regelmäßiges Mittagessen und dann heißt es im Fernsehen: „Es geht allen Menschen gut."

Das ist Utopie!

Da braucht man sich nicht wundern, dass die Kriminalität zugenommen hat.

Solange es den Politikern so gut geht, werden die Gesetze nicht geändert.

Wenn ich an meine Kindheit zurückdenke, kann ich sagen, dass ich ein „warmes Nest" hatte.

In der heutigen Zeit ist vieles verloren gegangen. Die Kinder werden mit zuviel Materiellem überhäuft.

In den Wohnungen stehen überall die Computer mit den dazugehörigen Druckern herum und das Taschengeld der Jugendlichen ist viel zu hoch.

Einige Schüler haben oft mehr Geld zur Verfügung, als ein Familienvater, der den ganzen Monat dafür gearbeitet hat. Er muss sich sein Taschengeld gut einteilen.

Aber die Heranwachsenden können auf den „Putz hauen."

Da frage ich mich, ob dieser Wohlstand glücklich macht, ich weiß es nicht.

Die gegenseitige Wertschätzung ist vor lauter Übermut schon lange verloren gegangen.

Es gibt da noch die Chaoten, die alles zerstören. Sie wüten überall, machen an den Fahrzeugen die Autospiegel kaputt, zerstören wichtige öffentliche Einrichtungen, belästigen Leute auf der Straße und beschmutzen die Häuser mit der Spraydose.

Man hat als anständiger Bürger oft keine ruhige Minute mehr. Und wehe dem, der diese Leute zur Rede stellt, der hat keine Chance und wird zum Krüppel geschlagen. Wenn man Pech hat, wird man sein ganzes Leben unter den körperlichen Nachteilen leiden.

*

Wir Staatsbürger sind alle transparent. Ein Knopfdruck genügt, und die Beamten wissen alles über unser Leben. Damit können sie uns in die richtige Schublade einordnen, ob wir ein Patient der ersten oder zweiten Klasse sind.

Und so wird man auch behandelt. Das Beste ist, man hilft sich selbst, so gut es geht. Bei den Ärzten erhält man nur das günstigste Medikament und Placebos, damit man glaubt, es würde einem geholfen.

Hat man noch spezielle Fragen, wird einem nur oberflächlich geantwortet.

Nun steht man da und weiß eigentlich gar nichts. Möchte man noch etwas wissen, soll man anrufen. Wenn man Glück hat, bekommt man eine Antwort.

Es ist gefährlich, wenn man niemanden hat, der an einen glaubt und seine Interessen wahrnimmt. Ansonsten ist man ein „Versuchskaninchen". Nach dem

Motto: „Es wird schon werden, wenn man Glück hat."

Es ist traurig, was mit uns passiert und noch schlimmer, dass wir Bürger so wenig wert sind. Dieser Abstieg ist in allen Bereichen zu erkennen.

Wenn man mit der Faust auf den Tisch schlägt, weil einem alles zu viel wird, ist man asozial. Überall wird man nur angemacht, man sollte alles hinnehmen, obwohl man im Recht ist.

Nur weil man ein Kassenpatient ist und arbeitslos, sollte man sich nichts gefallen lassen, für seine Rechte kämpfen, wo immer man auch ist.

*

Was hat unsere Jugend beruflich noch für Aussichten? Warum gibt es so viel Gewalt?

Hast du dir überlegt, dass der Staat daran beteiligt ist weil es keine Jugend-Freizeitzentren mehr geben wird, wo sich die Jugendlichen treffen können? Da auch hier am falschen Platz eingespart wird.

Wenn die Mädchen und Jungen auf der Straße herumhängen und nicht wissen, was sie mit sich anfangen sollen, dann wird es höchste Zeit, den jungen Menschen mit Arbeitsplätzen ein positives Umfeld und damit ein Selbstwertgefühl zu schaffen.

Es ist bedauerlich, wenn die Eltern arbeitslos sind und kein Geld für die Heranwachsenden haben, ihnen nichts mehr bieten können, noch nicht einmal das Vergnügen, in einem Freizeitpark fröhliche Stunden zu verbringen.

Dann braucht man sich nicht zu wundern, dass es heute in unserem Land so aussieht.

Ich frage mich dann immer wieder, warum Leute, die das Sagen haben, ihre Fabriken ins Ausland verlagern, um Steuern einzusparen?

Wo soll diese Einstellung noch hinführen?

Es könnten auch Spenden für Freizeit-Center eingeplant werden, oder man könnte durch einen Aufruf Freiwillige suchen, die für die Arbeiten des Projektes zuständig wären.

Es ist traurig, dass so viele Mütter ihre Babys und Kleinkinder misshandeln.

Auch das müsste nicht sein!

Was ist aus uns Menschen geworden?

***

MEINE GEDANKEN

Wenn ich zweiundzwanzig Jahre zurückdenke, habe ich in unserer Ehe angefangen, wie ein Wirbelwind zu funktionieren. Es ging in meinem damaligen Leben zu, wie auf einem Jahrmarkt.

Die Familie wartete täglich auf meine Arbeitskraft. Jeder einzelne wollte etwas von mir.

Mein Mann war schon nach vier Jahren aus gesundheitlichen Gründen arbeitsmäßig ausgefallen, also musste ich die Familie ernähren.

Die ersten Jahre hatte ich bis 1997 eine feste Arbeit, dann hatte die Firma dicht gemacht und alle Arbeitnehmer entlassen. Über zweihundert Menschen standen von heute auf morgen auf der Straße.

Es kam Panik in mir auf, wie sollte es finanziell weitergehen? Ich musste doch die Miete bezahlen und hatte feste Kosten, wie Strom, Telefon und vieles mehr.

Mein Mann Josef hatte zu diesem Zeitpunkt schon eine Bypass-Operation hinter sich und als Frührentner bekam er nur eine Berufsunfähigkeits-Rente. Also musste ich nachdenken, wie das Leben weitergehen konnte.

Ein paar Jahre habe ich gejobt, habe jede Arbeit, die ich angeboten bekam, angenommen. Für nichts war ich mir zu schade. Verkauf in einer Kunststoff-Fabrik, Arbeit in einer Reinigung, in einer Klinik und viele Jobs mehr.

Bis ich dann in einem Altenheim in der Pflege Fuß fassen konnte.

Die Arbeiten waren zwar alle befristet, aber da wusste ich, im Altenheim wirst du immer gebraucht. Das war eine Beschäftigung, die mir Spaß machte und ich verrichtete die Arbeit gerne. Die älteren Menschen gaben mir das Gefühl, gebraucht zu werden.

*

Bis zu dem Tag, an dem mein Mann Josef selbst zum „Pflegefall" wurde, da habe ich nicht mehr arbeiten können, weil es mir fast das Herz brach, als ich ihn so daliegen sah.

Ich musste den Kollegen meine Arbeit überlassen. Ich vertraute ihnen absolut, weil sie menschlich gesehen in Ordnung waren, aber wenn es deinen Partner betrifft, ist es etwas anderes. Dann kannst du das Elend kaum mehr ertragen.

Mir hat es den Hals zugeschnürt, ich musste aufgeben, nachdem mein Mann nicht mehr am Leben war. Es war alles so leer in mir, ich fühlte mich innerlich zerrissen.

Heute noch gibt es Tage, an denen ich das Geschehen vor Augen habe, obwohl inzwischen fast ein Jahr vergangen ist. Mir wurde klar, wie kurz mein Dasein ist.

Ja, ich habe gekämpft für alles, das Leben war nicht immer leicht für mich, aber ich lasse mich nicht unterkriegen und werde mir immer treu bleiben, indem ich meine eigene Meinung vertrete.

Und jetzt, wo ich alleine bin, muss ich für mich Neuland entdecken. Dies ist für mich ungewohnt, da ich bisher nur für andere Menschen da war.

Was heißt eigentlich Glück?

Es wäre schön gewesen, wenn Josef und ich das Leben noch einige Jahre hätten genießen können. Ich war zufrieden, so wie mein bisheriges Leben ablief, da ich mich damit abgefunden hatte, so wie es war. Ich hatte nichts vermisst.

*

An einem Morgen bin ich aufgewacht. Mein erster Gedanke war, jetzt wirst du wieder den ganzen Tag lang an dein Elend denken. Am liebsten würde ich die Augen schließen und mir gedanklich etwas Schönes vorstellen.

Aber die Sorgen und inneren Ängste sind wieder da.

Was ist aus meinem Mann Josef geworden? Warum hat es ihn so erwischt, warum gerade jetzt schon? Sein Tod war viel zu früh, er hätte mit mir noch ein paar gute Jahre verbringen können. Aber es hat nicht sein sollen und das Schlimmste für mich war diese Endgültigkeit.

Zum Pflegefall wollte Josef nie werden, das hat er früher immer wieder gesagt:

„Ich möchte nicht im Bett liegen und auf die Decke schauen." Das waren seine Worte.

Was ist gerecht? Wenn ich so überlege, fällt mir nichts ein.

Josef lag auf den Tag genau drei Monate, im Wachkoma. Nun ist er für immer eingeschlafen.

Wenn ich so überlege, kann ich jetzt sagen, dass der Tod für ihn eine Erlösung war.

Ich denke, er wird von oben herunterschauen aus seiner Welt und sagen:

„Mach dir keine Gedanken, mir geht es gut."

Vielleicht besser wie uns, wer weiß das schon, was uns in diesem Bereich erwartet! Ich hoffe, nur Gutes.

*

Wenn Menschen im so genannten „goldenen Käfig" aufwachsen, stehen ihnen viele Türen offen. Doch wenn man aus einfachen Verhältnissen stammt, das Leben meistern muss, viele Geschwister hat, der Vater Alleinverdiener ist, die Mutter eine gute Hausfrau, dann fällt alles viel schwerer.

Zum Beispiel: Die Familie muss sich alles hart erarbeiten, wie Westen und Strümpfe für den Winter stricken.

Als Kind von zwölf Jahren musste ich mit meinem zehnjährigen Bruder in den Sommerferien bei einem Bauern auf dem Feld Rüben „verzupfen", für fünfzig Pfennige Stundenlohn. Die Hälfte davon war unser Taschengeld, das wir uns selbst verdient hatten, die andere Hälfte mussten wir unserer Mutter für den Haushalt geben.

Heute weiß ich, warum mir manchmal mein Rücken schmerzt.

Die heutigen Kinder leben oft im Überfluss, bekommen nur das Beste von allem.

Wir waren damals mit einem Teddybären, einer Puppe und einem Auto zufrieden. Wir hatten keine Ansprüche zu stellen.

So war es in dieser Zeit und wir Kinder mussten damit zufrieden sein.

Oft habe ich mein Pausenbrot mit meiner Schulfreundin getauscht, denn sie hatte Wurst auf ihrem Brot, ich dagegen immer nur Marmeladenaufstrich oder Streichkäse. Wurst gab es in unserer Familie nur sonntags.

Am Sonntag bekamen wir Kinder fünfzig Pfennige Taschengeld für die ganze Woche. Davon bin ich meistens ins Kino gegangen. Die alten Musikfilme mit „Peter Alexander" und „Rex Gildo" hatten es mir angetan.

In meinem Zimmer hatte ich Poster an den Wänden. Aus der Zeitschrift „Bravo" habe ich meine Lieblingsschauspieler ausgeschnitten und aufgeklebt.

Mein Vater entfernte die Poster wieder von den Wänden. Er war wütend und schimpfte mächtig mit mir. Er meinte, ich sollte lieber in die Schulbücher schauen, womit er sicherlich Recht hatte. Aber in diesem Alter wollte ich ihm nicht glauben.

Wir hatten eine Katze, die jedes Jahr Nachwuchs bekam. Einmal hat sie ihre Jungen in meinem Bett zur Welt gebracht.

Auf dem Dachboden gackerten die Hühner.

Wir hatten auch eine Nachbarin, die schon sehr betagt war. In ihrem Garten wuchsen viele Johannisbeeren. Dort stand auch ein Birnbaum mit süßen Früchten.

Da wir als Kinder nur selten Obst bekamen, hatten wir ein Loch in den Zaun der Nachbarin geschnitten, haben uns die Johannisbeeren gepflückt und ließen uns die Früchte auf der Zunge zergehen. Ebenso die goldgelben Birnen, die uns Kindern köstlich schmeckten.

Unglücklicherweise erwischte uns die Nachbarin beim Klauen und erzählte unsere Schandtaten unseren Eltern. Das gab Ärger. Wir mussten alle für diese Tat büßen.

Vater hatte den Teppichklopfer geholt und uns der Reihe nach damit verprügelt.

*

Ich erinnere mich an meine Oma, die einmal von Österreich, „Wiener-Neustadt", in den Ferien für vier Wochen bei uns zu Besuch war. Das war eine schöne Zeit.

Sie schenkte uns eine neue Jacke und einmal bekamen wir neue Steppdecken.

Daran erinnere ich mich sehr gerne.

Vorhänge und Schürzen hatte uns meine Taufpatin genäht.

Im Allgemeinen konnte man noch spät am Abend spazieren gehen, die Kleider, den Schmuck, die

Schuhe und vieles mehr in den Schaufenstern betrachten, ohne dass man angesprochen wurde.

Mein Vater verstarb leider schon früh.

Wir waren arme Kinder, hatten aber eine schöne Kindheit, da wir von unseren Eltern geliebt wurden.

*

Ich hatte auch eine Freundin, in deren Familie alle Angehörigen musikalisch waren.

Die Kinder spielten Flöte und Gitarre und alle hatten eine schöne Gesangsstimme.

Am liebsten hätte ich mitgesungen. Doch davon konnte ich nur träumen.

Mein Vater hat meistens die Schulaufgaben nachgesehen. Wenn die Aufgaben nicht richtig waren, hat er das Blatt aus dem Schulheft entfernt und wir Kinder mussten die verbesserten Aufgaben nochmals schreiben.

Vater ist sonntags zum Sportplatz gegangen und hat uns Vier mitgenommen.

Dann hatte unsere gute Mutter zwei Stunden Pause. In dieser freien Zeit las sie Romane. Das war ihre große Leidenschaft. Darüber konnte sie ihr hartes Leben für Stunden vergessen.

Die riesigen Wäscheberge musste ich meistens bügeln, wenn ich von der Schule müde nach Hause kam. Wir hatten auch keine Waschmaschine. Es wurde mühselig mit der Hand auf dem Brett gewaschen, die Wäsche von sechs Personen.

Meistens einmal pro Woche.

Süßigkeiten gab es damals wenig für uns, eine Tüte mit Bonbons, die ehrlich geteilt wurden.

Am Monatsende war meistens kein Geld mehr in der Kasse. Dann hat Mutter einen Zettel geschrieben und wir Kinder mussten zum Bäcker gehen. Dieser nette Mann schrieb den zu zahlenden Betrag in ein Buch und wir beglichen den offenstehenden Betrag an Vaters Zahltag.

Wir sind dann auch zu unserer Taufpatin gegangen, die im selben Dorf wohnte.

Von ihr haben wir immer etwas zu essen bekommen. Doch vor dem Essen mussten wir ein Gebet sprechen.

Die Tante arbeitete in der Fabrik und nebenbei bei dem Herrn Pfarrer als Haushälterin. Ihre Kuchen schmeckten hervorragend.

Dann war da noch die Geschichte mit dem tollen Klosett. Da das „stille Örtchen" nicht im Hause war, mussten die Familienmitglieder über den Hof dorthin laufen.

Als Kinder wurden wir schon früh abgehärtet. Unser Jammern im Winter half nichts.

Bei klirrender Kälte in den Wintermonaten bekamen wir einen heißen Backstein, der in ein Handtuch gewickelt und ins Bett gelegt wurde. Von wegen Bettflasche! Da gab es nur eine einzige im Hause, und die hatte meistens mein Vater bekommen.

So war es auch mit dem Fleisch. Fleisch gab es nur am Sonntag, und davon bekam zuerst mein Vater etwas, und dann erst wir Kinder.

Mutter war als Köchin sehr erfinderisch. Sie hat uns Zwetschgen- und Aprikosenknödel gekocht, Pfannkuchen gebacken und mit Marmelade serviert. Das hat uns immer sehr gut geschmeckt und wir freuten uns wie Könige.

Wenn ich die heutigen Kinder sehe, die im Überfluss leben, sind die glücklicher nach diesem Fortschritt?

Wir mussten damals zufrieden sein und konnten mit den wenigen Dingen auskommen.

In unserer Kindheit hatten wir Vier ein Zimmer zusammen. Darin standen zwei Etagenbetten. An die Wände habe ich Poster geklebt, damit es bunter im Raum wurde und wir etwas zum Anschauen hatten.

Eines Tages hatte unsere liebe Mutter einen Kuchen gebacken. Der Backofen war dadurch für viele Stunden noch heiß.

Kurz danach sind meine Eltern ins Kino gegangen. Da wir Kinder alleine zu Hause geblieben waren, hatten wir Langeweile.

Da holten wir Omas neue Steppdecken, die sie uns geschenkt hatte, und beschmierten sie mit Marmelade.

Als meine Eltern wieder nach Hause kamen, waren sie sehr erstaunt, dass wir so still in einer Ecke saßen. Sie hatten jedoch gleich bemerkt, dass zu Hause etwas nicht stimmte. Wir mussten Farbe bekennen und wurden alle ordentlich verprügelt.

Da die Backofentür die ganze Zeit offen gestanden hatte, war es ein Wunder, dass hier nichts passiert war und sich zum Glück niemand verbrannt hatte.

An einem Wintertag mit Meter hohem Schnee haben wir uns alle vier darin vergnügt.

Glücklich lagen wir im Schnee und formten mit den Händen Figuren.

Als wir an diesem erlebnisreichen Tag nach Hause kamen, wurden wir mächtig ausgeschimpft, da unsere Kleider vor Nässe trieften. Am nächsten Morgen lagen wir alle mit hohem Fieber im Bett.

Unsere Mutter machte keine große Sache daraus. Wir bekamen heißen Tee mit Honig zu trinken und waren zufrieden damit.

*

Da wir zu Hause eine Toilette ohne Spülung, ein so genanntes „Plumpsklo" hatten, mussten wir über den Hof laufen. Damals wurde das Toilettenpapier durch Zeitungspapier ersetzt. Wenn wir Pech hatten, klebten die neuesten Nachrichten auf unseren Hinterteilen.

Einen Fernsehapparat gab es damals bei uns zu Hause nicht. Wir bekamen die Nachrichten aus dem Radio.

Wenn unsere liebe Mutter Wäsche gewaschen hatte, musste sie schon morgens um sechs Uhr mit der Arbeit beginnen. Mit dem Waschbrett wusch sie von Hand einmal wöchentlich die Wäsche für sechs Personen.

Am späten Abend war sie sehr müde von der harten Arbeit.

Die tropfnasse Wäsche wurde auf dem Speicher und auf dem Hof auf Seilen aufgehängt. Kleine Wäschestücke wurden in der Küche über dem Herd getrocknet.

In den Nachkriegsjahren wurde durch drastische Maßnahmen die Bevölkerung angewiesen, Wasser in den Haushalten zu sparen.

Jeden Samstag war Badetag. Da mussten alle vier Kinder mit einer Wanne voll Wasser auskommen, ob es ihnen passte oder nicht.

*

Morgens um sechs Uhr, bevor ich zur Schule ging, musste ich bei einem Bauern Milch holen. Äußerlich hatte die Kanne ein paar Schrammen abbekommen.

Meistens bekamen wir Kakao und Marmeladenbrot zum Frühstück, dann gingen wir zur Schule.

*

Meine liebe Oma hatte uns Kindern damals Puppen gestrickt und hat die Körper mit Stroh ausgestopft. Wir haben uns sehr über diese Puppen gefreut und sie inniglich geliebt.

Wenn ich so nachdenke, hatten wir in den Nachkriegsjahren wenig, waren aber damit zufrieden und unter den gegebenen Lebensumständen glückliche Kinder.

Unsere ältere Nachbarin, deren Johannisbeeren und Birnen uns Kindern so gut schmeckten, dass wir für ihr Stehlen von unserem Vater verprügelt wurden, schickte mich oft zum Einkaufen. Zwanzig Pfennige waren mein Lohn für meine Hilfsbereitschaft. Diesen Schatz sammelte ich für einen Kinobesuch.

Verwöhnt wurden wir Vier nicht. Meistens war es so: hatte eines der Kinder etwas angestellt, dann wurden alle bestraft. Einmal musste ich auf gespalteten Holzscheiten eine Stunde lang knien, das tat sehr weh und meine Knie waren ganz blau.

Wenn die Temperaturen draußen frostig waren, durften wir Kinder den Nachttopf benutzen.

*

Früher wurde nicht jeden Tag gekocht. Ein großer Topf mit Gemüse, Kartoffeln und etwas Fleisch musste für die ganze Familie zwei, manchmal drei Tage reichen. Unsere Mutter war ständig gefordert mit den täglichen Pflichten für eine sechsköpfige Familie.

Wenn unsere Kleider vom Spielen zerrissen waren, hat unsere gute Mutter sie wieder geflickt. Wir waren zwar arme Kinder, aber in schmutzigen oder zerrissenen Kleidern sind wir nicht herumgelaufen.

Einmal war wieder zu wenig Geld im Hause, um Schulhefte zu kaufen. Da habe ich meinen Zeichenblock halbiert und mit dem Lineal Linien gezogen, so dass ich darauf schreiben konnte.

Irgendwie war mir unser einfaches Leben zur Gewohnheit geworden. Ich kannte es nicht anders.

*

An Weihnachten gab es immer etwas Besonderes zu essen. Unsere tüchtige Mutter hatte in der Adventszeit Plätzchen gebacken.

Meistens bekamen wir praktische Geschenke, eine Strumpfhose oder ein Kleid. Es waren wenige, aber von Herzen ausgesuchte Geschenke.

Oft hat uns unsere liebe Oma das Geld dafür geschickt und Mutter kaufte dafür, was wir dringend benötigten.

Trotz aller Bescheidenheit haben uns unsere Eltern mit kleinen Geschenken an Weihnachten erfreut.

Wir vier Kinder waren damit glücklich und zufrieden.

*

Eigentlich war es ein Wunder, dass wir Kinder nicht häufiger krank wurden. Das Obst aßen wir immer direkt vom Baum, ohne es vorher zu waschen.

Den ganzen Nachmittag, wenn wir draußen im Sand spielten, haben wir uns nie die Hände gewaschen.

Heute wäre so eine Einstellung undenkbar. Wir hingegen waren damals abgehärtet.

Meine Schwester musste von mir die Kleider auftragen und mein Bruder hatte, als er noch klein war, ein Strumpfhalterleibchen, an dem man die Strümpfe befestigen konnte.

Die Unterhosen, die wir in unserer Kindheit trugen, waren alle gleich, da gab es keine unterschiedlichen Modelle.

Das damalige Leben war viel einfacher. Man konnte keine großen Sprünge machen, doch die Leute waren trotzdem zufriedener als heute.

Jetzt ist überall nur ein Jammern und Meckern zu hören. Das ist zum Teil zwar angebracht, aber viele Menschen übertreiben es auch.

*

Autos gab es zur damaligen Zeit sehr wenige. Wir hatten keinen Wagen.

Von einer Umweltplakette war keine Rede.

Um Mitternacht konnten wir seelenruhig nach einem Kinobesuch oder nach dem Dorffest nach Hause laufen. Niemand belästigte uns.

Das ist heute anders geworden.

Auch ich habe Angst, zu später Stunde aus dem Hause zu gehen.

*

Als Kinder waren wir nicht von Reichtum umgeben. Aber es war Frieden, ich kann mich nicht erinnern, dass sich meine Eltern gestritten hätten. Sie waren irgendwie mit ihrem Schicksal zufrieden.

Vor uns Kindern haben sie sich ihre Sorgen nicht anmerken lassen.

Es hatte auch mit der Zeit zu tun, denn nach den Kriegsjahren waren die Menschen erschöpft und mit dem Wiederaufbau der Häuser und Fabriken beschäftigt.

Man hatte nicht viel, war bescheiden; so habe ich die damaligen Verhältnisse in Erinnerung.

Die Frauen strickten, nähten die Kleider für ihre Kinder und waren den ganzen Tag fleißig.

*

Einmal bekam meine Mutter von dem Bauern, bei dem wir die Milch kauften, sehr viel Obst geschenkt. Zwei Tage lang hat sie davon als tüchtige Hausfrau Marmelade gekocht.

Wir hatten auch noch einen Stiefbruder, väterlicherseits. Die ehemalige Freundin ist angeblich an einer Lungenentzündung gestorben. Diese Beziehung bestand, bevor mein Vater meine Mutter kannte.

Später haben wir unseren Stiefbruder kennen gelernt. Er wohnt in Künzelsau und ist jetzt schon fast siebzig Jahre alt. Kontakt haben wir aber kaum mit ihm. Wir wissen nur, dass es ihn gibt und wie das damals alles so passiert ist.

Wir vermuten aber, dass er ein „Kuckucksei" ist, denn diese Frau hatte vorher viele Freunde.

Ob dieses Gerücht stimmt, weiß niemand. Wir haben es so angenommen, wie man es uns erzählt hat.

Unser Stiefbruder hat sich nie für uns interessiert. Vom Arbeiten hielt er nicht viel. Bereits mit fünfunddreißig Jahren hat er keinen Handschlag mehr getan und wurde so zum Lebenskünstler. Dieser Mann hatte einen guten Beruf als Stuckateur erlernt.

Warum er nun keine Lust zum arbeiten hatte, weiß niemand. Er ist nicht verheiratet und er bildet sich ein, ein „Adeliger" zu sein. Er lebt in seiner Traumwelt.

Manchmal ist es ja gut, wenn man träumen kann, aber leider kann man vom Träumen nicht leben.

*

Ich erinnerte mich an meine Kindheit und bemerkte, das die Jahre viel zu schnell

vergangen waren.

Heute habe ich keine Eltern mehr, dafür aber existieren gute Geschwister, das ist das

Beste, was ich haben kann. Ich kann mich auf sie verlassen. Sie sind diejenigen, die

ungefähr wissen, wie ich mich fühle. Ich möchte so viel wie möglich mit ihnen

reden und lachen, denn ich weiß nicht, wie lange ich diese Gemeinsamkeit genießen darf.

Morgen schon könnte alles anders sein. Deshalb ist es wichtig, die Zeit zu nutzen und wie im Auto „einen Gang herunter schalten."

In unserem hektischen Arbeitsleben ist diese Einstellung oft nicht möglich. Da ist man von morgens bis abends am Rennen.

*

Früher war der Neid der Menschen nicht so stark ausgeprägt wie heute.

Nach dem Tode meines Mannes Josef war ich sehr traurig, leer und ausgebrannt. Körperlich und mental am Boden zerstört.

Ganz langsam erholte ich mich wieder, blühte auf, wie eine Blume und kann in Ruhe über diesen schweren Verlust nachdenken.

Ich höre auf meine innere Stimme. Alles Unschöne perlt von mir ab. Ich möchte versuchen, „Neuland" zu entdecken.

Plötzlich kann ich alle Entscheidungen alleine treffen, kann machen, was ich für richtig halte und wie es mir gefällt. Das ist gut so!

Die alten Gewohnheiten habe ich abgelegt, da ich weniger Fleisch esse. Es ist eigenartig, wie man sich an vieles gewöhnt hat, über viele Jahre hinweg.

Plötzlich soll ich alles anders machen. Diese Situation ist gewöhnungsbedürftig, aber es muss gehen.

In all' den Jahren hatte ich das Kämpfen gelernt und das ist eine gute Eigenschaft. Dinge, die man nicht ändern kann, die muss man hinnehmen, das weiß ich aus eigener Erfahrung.

Auf die Hilfe meiner Verwandten konnte ich nicht zählen, sie waren nicht offen zu mir.

Und die Freunde sind unauffindbar. Waren diese jemals Freunde?

Ich glaube nicht. Das Wort Vertrauen ist eine Seltenheit.

*

Die Kinder sind nicht mehr so, wie sie einmal waren.

Das Wort „Wertschätzung" haben sie nicht gelernt. Die Zerstörungswut hat sich ausgebreitet.

Wenn man mit der S-Bahn fährt, kann man die Schüler beobachten, die breitbeinig die Sitzplätze belegen. Zehnjährige sitzen, während der Achtzigjährige stehen muss.

In unserer Ellenbogengesellschaft ist es ungemütlich geworden.

Früher waren die Schulkinder aufmerksamer und höflicher als heute.

Einmal habe ich einer älteren Dame ihre schweren Taschen nach Hause getragen. Dafür schenkte sie mir eine Tafel Schokolade. Als Elfjährige freute ich mich sehr über dieses Geschenk. Die Süßigkeit habe ich dann mit meinen drei Geschwistern geteilt, denn wir bekamen nur einmal im Monat Schokolade.

Das war für uns Kinder in der damaligen Zeit eine große Freude.

Heute entsorgen viele Jugendliche ihr Pausenbrot in den Mülleimer, während so viele arme Leute in unserem Land hungern müssen.

Manche Menschen leben im Wohlstand, sie besitzen moderne Handys, einen eigenen PC, Stereoanlagen und viele Elektrogeräte.

Längst haben die meisten Eltern den Blick für das Wesentliche verloren. Dabei wollten die Erwachsenen sicherlich alles besser machen.

*

Wenn man beobachtet, dass die wilden Jugendlichen auf der Straße ein Opfer verprügeln und helfen möchte, ergeht es einem selbst schlecht.

In den letzten Jahrzehnten gab es nicht nur den Fortschritt, sondern auch die negative Seite davon.

Die meisten Leute haben immer weniger Geld zur Verfügung. Durch die ständige Teuerungsrate bekommen sie immer weniger Produkte für ihr hart verdientes Geld.

Rentner und allein erziehende Mütter sind in unserer Gesellschaft nicht zu beneiden.

Für die jüngeren Leute dürfte das Wort „Rente" bald ein Fremdwort sein.

Der Zusammenhalt der Eheleute ist eine Seltenheit geworden. Viele Männer und Frauen lassen sich nach ein paar Ehejahren wieder scheiden in unserem schnelllebigen Zeitalter.

Das Wort „Dankbarkeit" ist selten geworden.

*

Ein weiteres trauriges Kapitel ist die Arbeitslosigkeit, die ich selbst zu spüren bekam.

Wenn die Firmen ihre Werke schließen, um in Billiglohnländern zu produzieren, dann stehst du auf der Straße. Als Alleinverdienende konnte ich nachts nicht mehr schlafen aus Angst, wie es weitergehen sollte mit einem kranken Mann, der schon lange nicht mehr arbeiten konnte.

All´ diese Grausamkeiten durfte ich erleben, damit es mir nicht zu langweilig wurde.

*

Oft können sich die Menschen nicht mehr freuen, da täglich neue Hiobsbotschaften in den Medien zu hören sind.

Da gibt es Eltern, die ihre Kinder verhungern lassen oder gleich die ganze Familie töten.

In vielen Ländern der Erde ist ständig Krieg und in Afrika leiden die Menschen Hunger. Die Frage "Was ist heute noch gut?", bleibt unbeantwortet.

Viele Unterdrückten haben den Glauben an das Gute verloren.

Der Pfarrer kann seine Kirche schließen, da bald die Gemeindemitglieder ausbleiben. Den Zusammenhalt in den Gemeinden und in den Familien gibt es heute nicht mehr.

Sobald es etwas zu erben gibt, schlagen sich die Hinterbliebenen die Köpfe ein. Sie zeigen dann ihr wahres Gesicht.

Viele Verwandte sind so zerstritten, dass sie nur noch hassen können und nicht mehr miteinander sprechen wollen, oft über Jahre hinweg.

Da gibt es noch die Leute, die ihre Eltern zum „Probewohnen" ins Pflegeheim bringen und sie dort nicht mehr abholen, sie einfach vergessen.

Das ist der Dank für ein Lebenswerk, in dem die Eltern ihren Kindern ein „warmes Nest" gaben und jahrelang ihre Arbeitskraft dafür opferten.

Dafür wurden sie im Alter belohnt, indem man sie einfach in ein Altenheim bringt.

Früher durften die älteren Menschen noch in Würde alt werden. Sie unterstützten die jungen Familien, erzählten aus ihrem erfahrungsreichen Leben und es war unvorstellbar, dass man sie an ihrem Lebensende ins Krankenhaus abschob. Sie durften in ihrer gewohnten Umgebung zu Hause einschlafen.

Heute hat sich vieles geändert. In den Heimen herrscht Hochbetrieb.

Viele Männer und Frauen fühlen sich, insbesondere im Alter, allein gelassen.

*

Mütter bekommen ihr erstes Baby oft erst mit 35 Jahren. Aus Angst um ihren Arbeitsplatz und dass sie keinen Babysitter finden würden.

In unserer Gesellschaft fehlt es an bezahlbaren „Kindertagesstätten", um diesen Müttern hilfreich zur Seite zu stehen.

Viele Einzelkinder möchten gerne Geschwister haben.

In unserem Deutschland gibt es wenig Nachwuchs und Millionen armer Menschen, die in Großstädten auf die Küchen angewiesen sind, die Schulkindern, arbeits- und wohnsitzlosen Menschen eine kostenlose Mahlzeit anbieten.

Von einem erholsamen Urlaub im Ausland können die meisten Menschen nur träumen.

*

Die Verwandten sind für mich fremd geblieben, da ich kaum Kontakt zu ihnen hatte.

Ich erlebte, dass sie wenig Taktgefühl besaßen und sich total daneben benahmen. Sie behaupteten Dinge, die es nicht gab und sie respektierten meine Meinung nicht, obwohl sie Blutsverwandte waren.

Zuerst waren sie freundlich, aber sie konnten nicht verstehen, dass ich mich mit meinem Liebsten geeinigt hatte.

Mein Mann Josef und ich sprachen oft darüber, wie das zukünftige Leben im „Ernstfall" weitergehen sollte. Ich bemerkte, dass die Aussagen meiner Verwandtschaft anders dargelegt wurden, somit waren sie nicht ehrlich zu mir gewesen.

Es ist traurig, wenn der gegenseitige Respekt fehlt. Ich bin stark genug, um alleine zu entscheiden, wem ich noch vertrauen kann und wem nicht.

Das Leben muss weitergehen und ich muss sehen, was ich noch selbst bewegen kann.

Vielleicht werde ich noch einmal das Glück finden.

Meine Verwandten waren nie zu Hause, lediglich ihr Anrufbeantworter. Damit konnte ich in meiner seelischen Not nichts anfangen.

Ich kam mir allein gelassen vor.

*

Für die einfachen Menschen ist das Leben ein ständiger Kampf um das tägliche Brot. Sie sind von morgens bis spät abends am Arbeiten, dass sie einigermaßen über die Runden kommen.

Und wenn sie Alleinverdiener sind, haben sie doppelte Angst, wieder eine neue Arbeit zu finden.

Ich habe mich oft gefragt: „Ist das dein Leben?"

Wenn du Lotto spielst, gewinnen immer die anderen Leute die Millionen.

Als kleiner Mann hast du selten Glück.

Die Betuchten können sagen: „Unser Leben ist schön!"

Sie lassen andere Menschen für sich arbeiten. Jeden Wunsch bekommen sie von den Augen abgelesen.

Sie können sich in die Sonne legen und das Leben genießen.

Dabei können sie hundert Jahre alt werden und wenn sie zurückblicken, hatten sie ein erfülltes, glückliches Leben.

Werden die Millionäre einmal krank, kommt der Herr Professor höchst persönlich zu ihnen, denn sie sind Privat- und keine Kassenpatienten.

Wir haben in unserem Land immer mehr Millionäre, da die meisten Menschen für fünf Euro in der Stunde arbeiten müssen, weil sie auf dieses Geld angewiesen sind.

Damit sie etwas zu essen haben, müssen sie sich ausbeuten lassen.

Als einfacher Mensch kannst du selten Millionär werden.

*

Ich fragte mich manchmal: „Hast du schon an dich gedacht?"

Bis jetzt hatte ich noch keine Zeit darauf verwendet, da ich stets für andere Menschen da war. Aber das soll sich jetzt ändern!

Ich überlegte jeden Tag, jede Stunde, kam aber noch zu keiner Entscheidung.

Innerlich bin ich noch zerrissen, meine Gefühle sind wie eine Achterbahn.

Eine Aufgabe habe ich jetzt angenommen, nämlich ein Ehrenamt.

Zweimal pro Woche gehe ich ins Pflegeheim und mache mit den kranken Bewohnern Aktivierungsübungen.

Die Demenzkranken brauchen die besondere Aufmerksamkeit und Zuneigung der Therapeuten.

Die Kranken leben in ihrer eigenen Welt, sie verstehen nicht alles, das ist traurig. Warum können diese Menschen nicht bis zuletzt sagen, was ihnen fehlt?

Sie hatten früher ihr Leben wahrgenommen, das gut und erfüllt war.

Oft ist das Leben ungerecht. Du hast viele Jahre gearbeitet, freust dich auf den Ruhestand und wenn du Glück hast, geht es dir über Jahre hinweg gut, hast du Pech, dann kannst du ständig zu den Ärzten laufen. Deine Träume werden zum Albtraum, dann hilft nur eines, du musst kämpfen und darfst dich von niemandem unterkriegen lassen.

Endlich im Ruhestand!

Die Arbeitsjahre liegen hinter mir. Was nun, kann ich lange ausschlafen?

Irrtum, ich stehe trotzdem morgens um fünf Uhr auf, weil ich es so gewohnt bin.

Viele möchten etwas von mir, sie denken, dass ich viel Zeit habe.

Dann freue ich mich auf meine Rente, für die ich vierzig Jahre hart gearbeitet habe. Ich habe aber viele

Abzüge. Der Staat achtet darauf, dass es mir nicht zu gut geht.

Da wäre noch meine Witwenrente, hier bekomme ich noch einmal Beiträge für die Krankenkasse abgebucht, obwohl mein Mann Josef nicht mehr am Leben ist.

Viele Rentner kommen mit ihren monatlichen Bezügen gerade so über die Runden, obwohl sie ihr Leben lang gearbeitet haben.

Jeden Tag muss man kämpfen, damit man seine wohlverdiente Rente von niemandem streitig gemacht bekommt.

Aber das Leben hat auch schöne Momente.

Das Blühen der farbenfrohen Blumen, der blaue Himmel, das Lächeln eines Kindes oder eines verständnisvollen Menschen.

*

Sag mir, wo die Sterne sind, und ich sage dir, wer du bist!

Angebliche Freunde sind wie Sterne, man sieht sie nicht oft, nur manchmal, und wenn man sie braucht, überhaupt nicht. Sie machen große Sprüche.

Ihr Anrufbeantworter ist stets zur Stelle, nur machen sie sich keine Mühe, den Telefonhörer abzunehmen, obwohl sie zu Hause waren.

Einmal testete ich die Anwesenheit meiner Verwandten, bin selbst hingefahren. Vor dem Haus standen ihre Autos und ich hörte sie sprechen. Da wusste ich Bescheid.

In Zukunft gehen wir getrennte Wege, da sie mich von Anfang an wie eine Aussätzige behandelt hatten.

Bis zum Tode Josefs waren sie immer bei uns zum Essen. Damals sagten sie: „Du kannst dich bei uns melden, wenn du etwas brauchst."

Ihre Worte waren leere Versprechungen.

Ich habe mir gesagt: „Du hast es nicht nötig, um die Aufmerksamkeit der Verwandten zu betteln." Diese Leute sind es nicht wert.

Eines Tages werde ich meine Spuren im Sand gefunden haben.

Josef hätte es so gewollt, dass ich meinen Frieden habe und dass es mir gut geht.

Was soll ich mich über Leute aufregen, die mir gegenüber ihr wahres Gesicht gezeigt haben. Ich verstehe nur nicht, warum sie nicht fähig waren, mir ihre Meinung direkt zu sagen.

*

Ich glaubte an das Gute in den Menschen, bis sie mir ihr wahres Gesicht zeigten.

Solange ich die Freunde bewirtet habe, kamen sie zu Besuch.

Als ich Hilfe benötigte, kam keiner mehr.

Heute sind viele Menschen sehr berechnend. Sie wollen nur nehmen, aber nichts dafür geben. Oft denke ich darüber nach, warum sie so sind.

Ist es eine Zeitkrankheit oder nur die Bequemlichkeit?

In unserer Ellenbogengesellschaft ist das Leben schwer geworden.

Wenige nehmen Rücksicht auf andere.

Einmal bekam ich einen Fußtritt, dass ich blaue Flecken am Bein hatte.

Aus Angst vor Prügel traute ich mich nicht mehr, jemandem etwas zu sagen.

Durch die Gewissenlosigkeit einzelner Individuen hat die Bevölkerung zu leiden.

Da hilft nur die Einigkeit der Menschen, unabhängig von ihrem Alter und ihrem sozialen Status.

Nur wenn wir uns für das Gute einsetzen, für unsere Rechte kämpfen, wird sich unser derzeitiges korruptes Leben ändern.

***

ZUKÜNFTIG

Kann man eigentlich die Vergangenheit ignorieren?

Nein, das geht nicht, diese Erlebnisse kann man nur verarbeiten, wenn dies überhaupt möglich ist.

Hat man liebe Menschen für immer verloren, eine Freundschaft oder einen Job, wird man ständig daran erinnert.

Doch man sollte niemals aufgeben, denn sonst hat man verloren.

Oft hörte ich von vielen Angehörigen in der Klinik und im Pflegeheim diese Frage. Dieses Schicksal kann jeden treffen.

Mich hat es auch getroffen, aber ich habe mich schrittweise davon befreit.

Es war nicht immer leicht für mich, manchmal gab es auch Rückschläge.

Seit ein paar Monaten fühle ich mich wieder besser. Mein „Kämpferherz" hat sich erholt. Es war schwer, aber es geht. „Jetzt erst recht", sage ich jeden Tag.

Geht es dir schlecht, will niemand etwas von dir wissen. Geht es dir gut, kommen die Freunde wieder. Schmeichler gibt es überall, man muss höllisch aufpassen, dass man ihnen nicht zum Opfer fällt.

Wenn man einmal ganz unten war und sich wieder hochgearbeitet hat, dann darf man stolz auf sich sein.

Auch finanziell ärmer gestellte Menschen besitzen ihren Stolz und ihre Ehre.

*

Oftmals dachte ich, ich werfe alles hin, sobald ich einen Sechzehnstundentag hinter mir hatte. Ich wollte nach vorne schauen und mir kam es vor, als ob die Zeit stehen bliebe.

Tagein, tagaus die gleiche Arbeit.

Nach außen musste ich Ruhe bewahren, durfte keine Schwäche zeigen.

Wie ich mich fühlte, wollte niemand wissen.

Die Stückzahlen bei der Akkordarbeit waren am wichtigsten.

Wie es mir erging, interessierte niemand, ich hatte zu funktionieren.

Warum wollten die Menschen meine Meinung nicht hören?

Weil sich keiner für meine Sorgen interessierte.

Einmal bin ich ausgerastet. Es klappte nichts an diesem Tag, da hatte ich die Nase voll und ging nach Hause. Meine Nerven lagen blank und ich weinte bitterlich.

Am nächsten Tag musste ich wieder zur Arbeit. Ich musste mich gleich beim Meister melden. Nach einer gründlichen Aussprache meinte der beschäftigte Mann: „Gehen Sie einmal eine Woche in Urlaub und erholen Sie sich."

Ich war völlig überrascht von seinen Worten, denn ich hatte mit einer „Abmahnung" gerechnet. Aber der Meister hatte Verständnis für meine Lage. Ich war sehr beeindruckt, denn so einfühlsam kannte ich meinen Vorgesetzten bisher nicht. Ich war bislang der Meinung gewesen, dass für ihn nur Stückzahlen zählten.

Als ich von meinem Urlaub erholt zurückkam, sagte er zu mir: „Sie sind eine gute Kraft und leisten etwas für unseren Betrieb, ich möchte Sie gerne behalten."

Das erste Mal in meinem Leben spürte ich eine große Freude über dieses Lob.

Ich fühlte Anerkennung für meine Arbeit. Diese machte mich sehr stolz und ich hatte wieder neuen Auftrieb. Ich begriff, dass ich nicht nur an Stückzahlen gemessen wurde, denn die Aufgaben in der Fabrik waren schwer genug.

Gott sei Dank motivierte ich mich täglich neu, sonst hätte ich in all´ den Jahren nicht durchgehalten. Meine Stärke und mein positives Denken hatten mir dabei geholfen.

Somit möchte ich andere Menschen an meinen Gedanken teilhaben lassen.

Es ist möglich, dass sich Leute finden, die sich für mein Leben interessieren.

Bald werden diese merken, dass man ohne Kampf nicht bestehen kann.

Jeder einzelne ist ein Individuum und sollte an sich und seine Fähigkeiten glauben. Dann hat er auch einmal Zeit zum Träumen, fühlt sich wohl in seiner Haut.

Durch meine vielen Lebenserfahrungen wurde ich von Jahr zu Jahr reifer.

Diese Erfahrungen am Arbeitsplatz und in der Familie wollte ich nicht missen.

Trotz allem Unschönen möchte ich nach vorne schauen. Ich glaube, dass ich meine Kraft gut einbringen kann. Vielleicht entdecke ich noch einige Talente in mir.

Sehr gerne würde ich in einer Theatergruppe mitspielen. Es würde mir Spaß machen, andere Menschen zu erfreuen.

Es ist für mich nicht einfach, ganz von vorne anzufangen, da die letzten fünfundzwanzig Jahre mit viel Arbeit ausgefüllt waren. Plötzlich bin ich allein und habe viele Möglichkeiten, mein Leben neu zu gestalten.

Kaffeeklatsch allein würde mir nicht genügen, ich möchte etwas bewegen, indem ich ein Ehrenamt übernehme und einer sinnvollen Beschäftigung nachgehe.

Das Schreiben hat mir über schwere Stunden hinweg geholfen.

Hier gibt es vieles, was ich gerne mitteilen möchte.

Über mein bisheriges Leben habe ich lange nachgedacht und ich möchte neu beginnen. Jeder Tag soll ein guter für mich sein.

Dunkle Wolken lasse ich einfach vorüber ziehen.

Den Glauben muss man hegen und pflegen, denn ein Gebet gibt Kraft im größten Schmerz.

Meine Mutter sagte immer zu mir: „Du kannst vieles im Leben durchmachen, aber erhalte dir deinen Stolz und deine Ehre."

*

Durch die Krankheit meines Mannes konnte ich nichts mehr unternehmen. Nach einem arbeitsreichen Tag wollte ich mich nur noch ausruhen, um am nächsten Morgen wieder funktionieren zu können. Da ich kein Nachtmensch bin, ging ich früh zu Bett. Mein Mann Josef schaute sich nachts alte Filme an und ist meistens im Sessel vor dem Fernsehapparat eingeschlafen.

Mein Leben dagegen bestand damals nur aus Arbeit. Dazu kamen die vielen Besuche im Krankenhaus. Oft regte ich mich furchtbar auf, aber niemand kümmerte sich um mein Wohlbefinden. Das Leben kam mir sinnlos vor, wie auf einem Laufband.

In den letzten zehn Jahren war immer etwas los.

Die Arbeit, die Krankenbesuche, die Hausarbeit und vieles mehr zehrten an meinen strapazierten Nerven.

Es waren schwere Zeiten für mich, bittere Stunden musste ich durchleben.

Doch letztendlich siegte meine „Kämpfernatur", worüber ich sehr stolz und glücklich bin.

***

Meine Gefühle

Gefühle kannst du zulassen, aber wenn du zu viele davon hast, ist es schädlich, denn du gehst daran kaputt.

Ich fühle mich leer und ausgebrannt.

Da ich zwei Jahrzehnte nur am Rennen und arbeiten war, konnte ich nicht an mich denken.

Zuerst sorgte ich für meine Mutter, dann erkrankte mein Mann Josef.

Beide Lieben waren chronisch krank.

Nebenbei musste ich acht Stunden arbeiten.

Es ist mir gar nicht aufgefallen, dass mir etwas gefehlt hat.

Das Leben ging an mir vorbei.

Die meiste Zeit war ich Alleinverdienerin. An einen Erholungsurlaub war nicht zu denken.

Wenn ich zurückblicke, bin ich mir immer noch nicht sicher, ob ich mein Leben anders gestaltet hätte. Ich glaube nicht.

Dafür war mir meine Lebensaufgabe zu wichtig, ebenso war das so genannte Zugehörigkeitsgefühl stark ausgeprägt.

Auch wurde ich gebraucht, ich musste funktionieren wie ein Windrad.

Ich dachte: „Warum lasse ich das zu?" Ich konnte es nicht sagen.

Meine Gefühle für meine liebe Mutter und meinen Mann Josef waren zu stark. Ich konnte die beiden nicht im Stich lassen, sonst hätte ich keine Ruhe gehabt.

Ich hatte auch beobachtet, wie schwer es ist, wenn man keine Gefühle zeigt.

Wenn man die älteren Leute ins Pflegeheim bringt, und die Angehörigen nicht wieder kommen, macht dieses Verhalten sehr traurig.

Eine einsame ältere Frau hatte sechs Kinder großgezogen und keines hat sie jemals im Pflegeheim besucht.

Ihre Kinder und die nächsten Verwandten wussten nicht einmal, wann ihre Mutter gestorben war. Sie wurde in einem anonymen Grab beigesetzt.

***